活版印刷

星たちの栞

ほしおさなえ

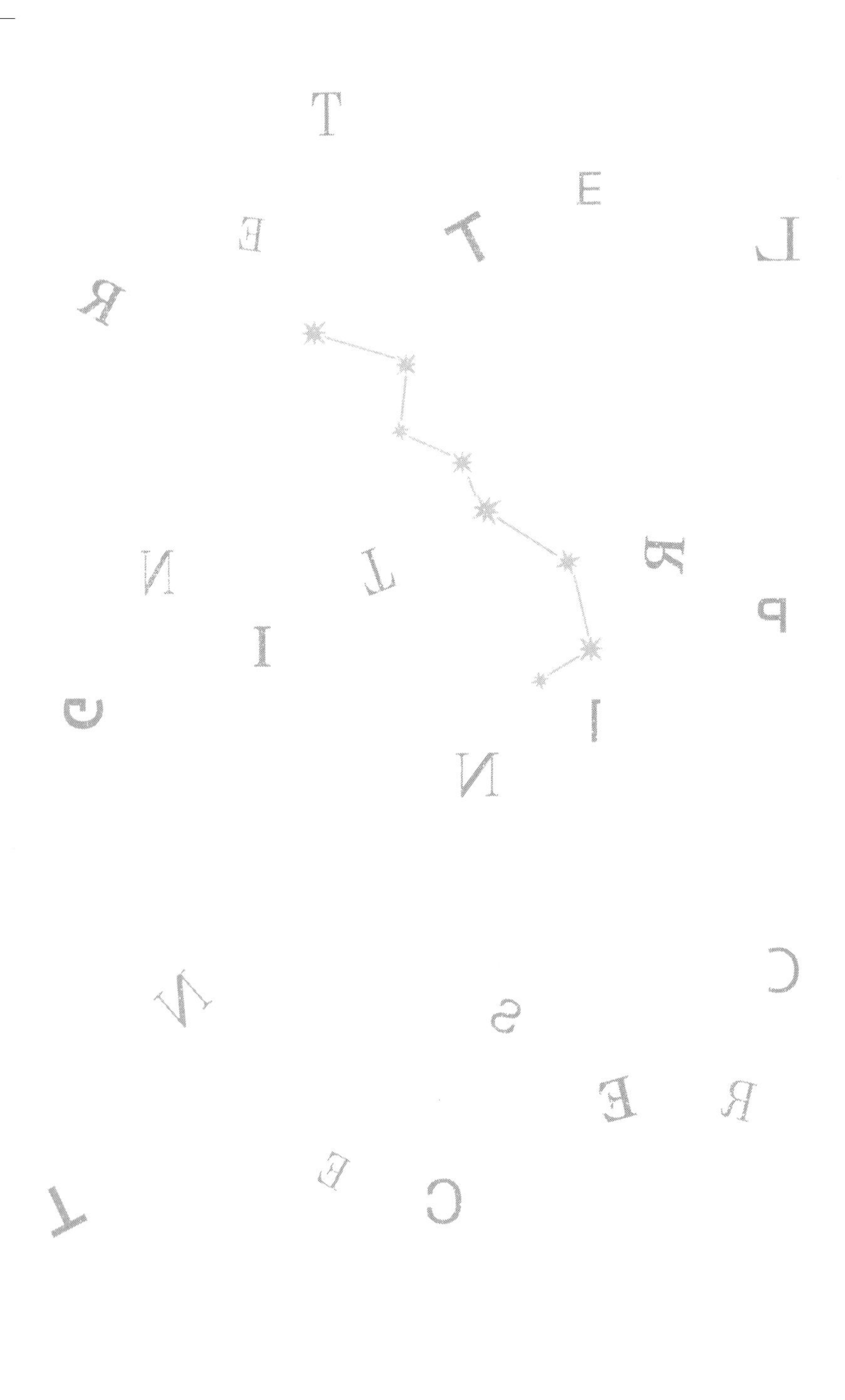

Contents

扉写真撮影　帆刈一哉
扉写真撮影協力　九ポ堂

世界は森

1

仕事が終わり、ロッカールームでトレーニングウェアに着替える。

「ハルさん、支度できましたか？」

ドアの外から、柚原さんの声がした。先に仕事をあがって、すでに着替えていたらしい。長い髪を仕事のときより高い位置で結んでいる。ジョギングのときはいつもそうだ。はじめて見る赤と紫の柄のウィンドブレーカーに目を奪われた。

「あれ、柚原さん、そのウェア、もしかして新しい？」

「はい。この前、買っちゃったんです。ジョギングもだんだん習慣になってきたし、やっぱりいいものにしようかな、って」

「いいじゃない、すごく素敵」

「そうですか？　へへへ」

柚原さんは背が高い。三十代後半だが、スタイルもいいし、二十代に間違えられそうなくらい若い。いつもおしゃれで、モデルさんみたいだった。

わたしが働いているのは川越運送店一番街営業所。川越観光の中心、一番街に面している。蔵造りの町並みのなかにあり、うちの店の建物も蔵造りだ。創業者がもともと明治創業の米問屋で、店をたたんだあと、運送店をはじめたらしい。市内限定だが、全国配送の運送会社より安くて早くて小回りがきく、ということで、けっこう繁盛している。

数年前から、同じ建物に川越観光案内所が同居するようになった。週替わりで川越のお店の品物を紹介するアンテナショップを兼ねたコーナーで、柚原さんはそちらのスタッフなのだ。英語が堪能で、ここ数年びっくりするほど増えた外国人観光客の対応は、柚原さんがひとりでこなしている。

シューズの紐を結び、外に出る。観光案内所のバイトの大西くんもいた。大学院生の線が細い男の子だ。流行りの草食系ってやつですかね、と柚原さんが言っていた。写真を撮ったりパソコンで文章を書いたりが得意らしく、観光案内所のブログも大西くんが運営し、なかなか好評みたいだ。

「この時間になると、人、いないですね」

柚原さんが言った。三月にはいって少しずつ日は長くなってきているが、六時を過ぎればもう暗い。昼間は観光客でにぎやかな川越の街も、この時間になるとあまり人がいなくなる。

三人で「時の鐘」の前まで行くと、葛城さんももう来ていた。四十代はじめで、ガラス店兼工房を経営している。自作のガラス細工を販売しながら、観光客向けのガラス細工の体験工房も開く人気店だ。

「お、柚原さん、ウェア、似合ってますね。さすが、一番街のマドンナ」

葛城さんがよく通る声で言って、がはは、と笑った。

「やめてくださいよ……。マドンナって、いつの時代の話ですか」

葛城さんがむかしのマドンナの曲を歌いだすと、柚原さんがげんなりしたような顔になった。モデルさんのような外見だが、柚原さんはさばさばした性格で、なんだかんだ言いながら、葛城さんとも妙に気が合っている。飲みに行っては、ふたりでカラオケで歌いまくっているらしい。

「じゃあ、走りますか」

少しストレッチをしたあと、葛城さんが言った。

時の鐘から鐘つき通りを通って三芳野神社を抜け、川沿いにぐるりとまわる。合計六キロ。最近定番のコースだ。

このメンバーで走るようになって、三ヶ月になる。はじめはわたしひとりだった。

ここ数年の運動不足のせいでかなり太ってしまったのだ。これでは息子の卒業式、入学式のとき、スーツがはいらない。それで仕事のあとに走ることにした。

しばらく続けていると、柚原さんが、わたしもいっしょに走りたい、と言いだした。そのうち葛城さんもメンバーに加わり、柚原さんが大西くんを誘って……というわけで、いつのまにか四人になっていた。

「ところで、森太郎くん、大学合格したそうですね。おめでとうございます」

走りながら葛城さんが言った。

「森林科学科でしたっけ？　すごいなあ、自分の道をちゃんと決めてるなんて」

柚原さんが感心したように言う。

「そんなたいそうなことじゃ、ないんだけど……」

照れ笑いしながら答えたが、実のところ、この件に関しては、わが息子ながらあっぱれだと思っていた。

わたしの息子・森太郎は、むかしから山が好きだった。小学校からなんども登山に行き、高校でも登山部にはいった。

大学進学の希望を決めるときも、いつのまにか森林科学科を選んでいた。もちろん東京ではない。北海道大学だ。高校の部活で行った北海道の山で、北大の山岳部の人たちと知り合い、そこの山岳部にはいりたいと思ったのも志望の動機のひとつのようだ。将来は自然保護官の仕事に就きたいと思っているらしい。

「立派ですよ。わたし、大学を決めるとき職業のことなんて全然考えてませんでした。四年間遊ぶ……っていうか、いろいろ体験したい、ってだけで……」

柚原さんが言った。

「いまの若い子はもっとまじめなんだ。俺らのころとは全然違うんだって」

「俺ら、って……いっしょにしないでくださいよ。年、全然違うじゃないですか」

葛城さんの言葉に柚原さんが憤然と答える。

「ともかく、目的を持って大学を決めるのは立派ですよね」

大西くんが言った。

「それに、森林科学科、ってとこも素敵じゃないですか」

柚原さんが夜空を見上げた。

「まあ、ハルさんはちょっとさびしいかもしれないけどな」

葛城さんがからかうような口調で言う。

「そんな……いままで大変だった分、羽をのばしますよ」

ははは、と笑いながら言った。

「またまた、無理しちゃって」

葛城さんがぽんぽんとわたしの肩を叩いた。

たしかに、夫が死んでからずっとふたりで暮らしてきたのだ。森太郎がいなくなったらひとり暮らし。でも、さびしいのかと訊かれても、まだ想像もつかない。これまでだって、合宿や修学旅行で森太郎が家にいないことなんて、いくらでもあった。だけど……。

大学に行けば四年は帰ってこない。そのまま就職して、ここにはもう戻らないかもしれない。つまり、いっしょに暮らすのはあと一ヶ月もないということだ。

え？　一ヶ月？　急にその数字が現実として迫ってきて、立ち止まりそうになった。この前までは入試の合否で頭がいっぱいで、それどころじゃなかったのだ。

「まずいまずい、ハルさんがしゃべらなくなっちゃったよ」

葛城さんがこっちの顔色をうかがってくる。

「それって、葛城さんのせいじゃないですか」

柚原さんが葛城さんをにらむ。

「大丈夫ですよ、森太郎くんはお母さん想いですし、ハルさんだってこれからまた別のステージがはじまるんですよ。いろいろできるじゃないですか。ねえ」

「そうそう。やりたいこと、いっぱいあるんだから」

柚原さんといっしょに笑った。

2

「あれ？」

街を一周してもうすぐ一番街に戻る、というとき、大西くんが足を止めた。

「あそこ……電気がついてる」

「え？」

大西くんが指差した先を見る。鴉山稲荷神社のはす向かいの白い建物。

「三日月堂……？」

わたしはつぶやいた。

「三日月堂？　なんですか、それ。そんなお店、ありましたっけ？」

柚原さんが首をかしげる。

「むかし、あったのよ。三日月堂っていう印刷所が。あの四角い建物がそうだったの。昭和初期からある古い印刷所でね。町の人の名刺や年賀状を作ってたのよ」

「へえ……」

葛城さんが白い建物をじっと見た。

「でも、あそこ、空き家でしたよね？」

大西くんが言った。

「ええ。五年くらい前に閉店したの。店主さんがもうお年で……。その後店主さん夫婦が亡くなって、ずっと空き家になってた」

「五年前……わたしがつとめはじめる前か」

柚原さんが言った。

「でも、じゃあ、なんで電気が……」

大西くんが言った。たしかに建物の中に明かりが灯っている。

「もしかして、あたらしくだれかはいったんでしょうかね？」

これまではまったく気づかなかった。そもそもこの道は細い路地で、あまり通ることはない。ジョギングでもいつもはこの一本向こうの大通りを通っている。今日はたまたま柚原さんがこの路地にはいってみましょう、と言い出し、コースを変えたのだ。

「でも、ふつうの家じゃなくて、印刷所よ。店主さん夫婦は住んでたけど、町工場っぽい作りで……」

　わたしは首をひねった。

「だったら、なにかのお店に改装するとかじゃないですか？」

「川越ではよくあることだよな。俺のとこだって、もと味噌屋さんだし」

　葛城さんが言った。川越では古い建物を改築、改装してお店にするのはめずらしくない。蔵造り、洋館だけでなく、こうした昭和っぽい造りの建物も、次々に改築され、カフェやギャラリーになっている。

「でも、業者がはいっているの、見たことないですよねぇ」

　大西くんがつぶやく。商売柄、あたらしい店舗ができるときは、なんとなく情報がはいってくるものだが、それもなかった。

「なんだろう？　まさか、泥棒とか、不良が集まってるとかじゃ、ないよな」

　葛城さんが建物に近づいた。

「それはないでしょ？　わざわざ電気つける泥棒なんて変だし、空き家なら、電気も来てないはずだし。電気が通ってる、ってことは、あたらしくはいった人がいる、ってことなんじゃないの？」

　柚原さんも葛城さんを追う。

「たしかに。それもそうだ」

葛城さんがなかをのぞこうとしたとき、急にドアが開いた。

「うわあっ」

葛城さんが声をあげてあとずさり、柚原さんにどんっとぶつかった。

「きゃっ」

柚原さんが短く悲鳴をあげる。

「どうか、しましたか？」

なかから出てきた女の人が言った。まだ若い。古びたパーカーにジーンズ。肩くらいまでのまっすぐな髪をうしろでひっつめに結んでいる。

その頬の感じに見覚えがあった。思わずじっと見つめる。どこかで……。

「もしかして、弓子さん？」

わたしが言うと、彼女の方もはっと目を見開いた。

「ハルさん……？」

「やっぱり弓子さんだったんだ」

「お久しぶりです」

彼女はそう言って、深々と頭をさげた。

「あの、この方は……？」

葛城さんが訊いてきた。

「ああ、ごめんなさい。弓子さんって言って、ここのお孫さん」

「そうだったんですか、すいません、家の前でうろうろしちゃって。空き家のはずなのに電気がついてるから、つい、気になって……」

葛城さんが頭をかいた。

「いえ、こちらこそすみません。実は三日前にここに越して来たんです」

弓子さんが言った。低くくぐもった声。むかしと変わらない。

「そうだったの。弓子さんはずっと別のところに住んでいて……でも、大学生のころまでは、お休みのとき、よくここに泊まりに来てたのよね」

「え、ええ」

弓子さんがうなずく。

「実は……事情があって、わたしひとりでここに住むことになったんです」

ひとり？　年齢からして、独立していてもおかしくない。だが、この家はもと印刷所。半分以上は工場みたいな造りだ。女性のひとり暮らしに向いているとは思えない。どうしてここに住むことになったのか。経済的なことかもしれないし、なにか事情があるのか……。

「ハルさんは……？　いまも川越運送店にお勤めなんですか？」

弓子さんがわたしたちを見た。

「ええ。いまは一番街営業所の所長をしてるの。最近仕事が終わったあとよくこのメンバーで走ってて」

「へえ、そうなんですか。あいかわらずエネルギッシュですね」

弓子さんがふふっと笑う。

「違うのよ。年で身体にがたが来てて……しかも太っちゃって、このままだと服がはいらなくなる、って……」

うしろで葛城さんたちがくすくす笑う声が聞こえた。

「落ち着いたらまた来てね。そうそう、最近うちの建物のなかに、観光案内所もはいったのよ。こっちのふたりはその案内所で働いてるの。川越特産品のアンテナショップもあるから、見に来てね」

「わかりました。あ……」

「なに？」

「あ、いえ……なんでもないんです。またうかがいますね」

弓子さんはぺこっと頭をさげた。いまなにを言おうとしていたんだろう。ちょっと気になったが、挨拶して別れた。

柚原さんたちと営業所に寄って着替え、家に帰った。

だれもいない。森太郎は今日は友だちといっしょに食べるから夕飯はいらない、と言っていた。近々部の送別会があり、その準備をしているらしい。ぱちんと電気をつける。

ひとりだ。冷蔵庫から作り置きのシチューを出し、あたためた。

「なんか、さびしいわね」

自分のひとりごとが部屋のなかに響く。答えはない。ひとりだということがくっきりしてわびしくなり、思わず首を横に振った。いけない、いけない。いまからこんなんじゃ、先が思いやられる。

シチューがくつくつ音を立てる。ボウルによそい、食卓に運んだ。湯気がふわっと広がる。ごぼう、れんこん、さつまいもがはいった牛乳仕立てのシチュー。根菜のいい匂いがした。

そういえば……。弓子さん、どうしてあそこに住むことにしたのかなあ。

ぼんやり、さっきの弓子さんの顔を思い浮かべた。

弓子さんと最初に会ったのは、弓子さんが小学校にあがる前。わたしは大学を卒業して、川越運送店で働きだしたばかりだった。

仕事の帰り道のことだ。わたしの実家は鴉山稲荷神社の先にあって、あの細い路地を歩いていた。前に小さい女の子がいた。お父さんらしい男の人について歩いているのだが、あちこちで止まるので、あいだがどんどん広がっていく。

――弓子。早く。

前からお父さんに呼ばれ、女の子ははっとしたように走り出した。そのとき、女の子の荷物からなにか落ちた。小さなキーホルダーみたいなものだ。わたしは走り寄ってそれを拾った。きらきらした星のついたキーホルダーだった。

――落としたよ。

わたしはうしろから女の子を呼んだ。女の子が振り返り、わたしの手の中にあるキーホルダーを見ると、ぱっと走ってきた。

――よかった。

キーホルダーを握りしめる。

――弓子、ありがとうは？

前からやってきたお父さんが言った。

――ありがと。

女の子はたどたどしい声で言った。

――よかったね、なくさないで。

わたしが言うと、女の子は大事そうにキーホルダーをなでた。

――これね、宝物なの。

女の子はキーホルダーを見たまま言った。

――むかし、プラネタリウムでお母さんが買ってくれたの。そのときは、まだお母さんもいたんだ。

――そのときは……？

うっかり、そう訊いた。女の子の言った「そのときは」というのがどういう意味かわからなくて。

――お母さん、死んじゃったから。

女の子は淡々と言った。

――え……？

死んじゃった……って？　まだ小さい女の子の横顔を見る。

――ほんとなんですよ、ほんとに死んじゃったんです。一年前に。

お父さんがあっさりと言った。まさか、と思った。

――だからね、お祖父ちゃんちにいるの。それで、保育園に行ってるの。

女の子がこっちを見て、はきはきと答えた。

――祖父母の家に預かってもらってるんです。で、僕は週末だけこっちに来てて。

お父さんが苦笑いした。不思議な雰囲気の人だ。ぼさぼさっとした髪型で、ふつうのサラリーマンには見えない。

わたしはなんと言ったらいいのかわからなくなった。ふたりとも淡々として、母親の死をあたりまえのように言う。だけど、他人のわたしがそのことに触れるのは違う気がした。それで黙り込んでしまった。

――父の家は、あそこなんです。

お父さんが白い建物を指す。

――三日月堂ですか？

――そう。知ってますか？

――知ってますよ。わたし、中学生のころからあそこの名前入りのレターセットに憧れてて……高校を卒業するとき、両親に作ってもらったんです。

三日月堂のレターセット。それは女子たちの憧れの的だった。三日月の上にカラスがとまった三日月堂のマークは神秘的で、便せんにも封筒にも、一枚ずつ自分の名前が印刷されているのだ。活版で刷られていて、インキの色も選べる。黒、紺、金、銀、深緑、茶色、鈍色、浅葱色……。たくさん色があって、選ぶことができた。

――そうか、使ってくれてる人がいるんだ。うれしいですねえ。

お父さんは満足そうに笑った。

――じゃあ、弓子、帰ろう。お姉さんに挨拶して。

――ありがとうございました。さようなら。

女の子ははっきりした声で言って、ぺこっとお辞儀した。そうしてふたりは三日月堂の建物にはいっていった。

弓子さんはそれからもしばらく三日月堂に住んでいた。お父さんは横浜で高校の先生をしているらしい。ひとりで小さい子どもの面倒は見られないし、川越から通勤するのもむずかしいのだろう。それで、弓子さんをお祖父さんの家に預け、週末だけこっちに来ていっしょに過ごすことになったみたいだった。

でも、お祖母さんの身体の自由がきかなくなったこともあり、小学二年生のときに、弓子さんはお父さんの家に引っ越していった。それでもちょくちょく三日月堂にやってきていたから、年に何度かは顔を合わせた。そのあいだにわたしも結婚して、森太郎が生まれて……。

はあっとため息をつく。夫が死んだのは森太郎が四歳のときだった。旅行代理店勤務だった夫は、仕事で行った外国で事故に遭い、亡くなったのだ。父はすでに他界し、ひとりになった母は地方に住んでいる兄の一家のところに行っていた。だから、ひとりで育てるしかなかった。仕事は嫌いじゃなかったし、森太郎といっしょにいるのはしあわせだった。だけど、体力的にはきつかった。

仕事の帰りに保育園に森太郎を迎えに行き、ふたりで三日月堂の前を通ると、ときどき弓子さんたちにはじめて会ったときのことを思い出した。

——お母さん、死んじゃったから。

淡々と言った弓子さんの顔。あれは当時の森太郎と同じくらいの歳のときだ。もし、森太郎が人から父親のことを訊かれたら、どう答えただろう？　あのときの弓子さんと同じように、きっと淡々と答えただろう。そうするしかないんだから。わたしもきっと淡々と答えた。あのときの弓子さんのお父さんと同じように。

でも、だからって、大丈夫なわけじゃない。あのときのあの人も、きっといっぱいいっぱいだったんだ。あのころのわたしはまだ若くて、なにもわかってなかった。

大学時代も弓子さんはよく三日月堂に来ていた。バイトで印刷所の仕事を手伝っていたらしい。そのころには古くからの手法の活版印刷は、デジタル化によって時代遅れになり、仕事もずいぶん少なくなっていたみたいだ。それでも、どうしても三日月堂の味わいのある印刷がいいという人もいたようで、前を通ると、印刷機を動かしている弓子さんの姿が見えることもあった。

だが、三日月堂が閉店し、お祖父さん、お祖母さんが相次いで亡くなり……。弓子さんの姿もここ数年見かけなかった。

なのに、なぜいま、あの家に住むことになったんだろう？　仕事が川越に近いところになった……とか？

「ただいまー」

玄関から声がした。森太郎だ。

「お帰り」

「腹減った。なんか食べるもの、ない？」

「え、友だちと食べるって言ってたじゃない？」

「いやあ、やることがいろいろあってさ、結局食べてるヒマなかったんだよ。あ、シチューあるじゃん」

森太郎が鍋をのぞいて言った。

「これでいいなら準備しとくから。手を洗って、荷物片づけてきてよ」

「はいはい」

背中を丸めて廊下に出て行く。なんだかまた背が高くなった気がする。まだひょろひょろだが、背は亡くなった夫より高い。大きくなったもんだ。うしろ姿を見ながら、くすっと笑った。

3

何日かたって、弓子さんから営業所に電話がかかってきた。職を探しているらしく、引っ越してきてすぐに川越運送店のパート募集の貼り紙を見たのだと言う。この前会ったとき言いかけてやめたのは、そのことを訊こうとしていたようだ。都合を訊き、早速その日の午後に面接に来てもらうことになった。

履歴書によると、弓子さんは二十八歳。去年の春までは損害保険会社の事務職をしていたが、その後一年近く職歴が空いている。家の都合で、と言いにくそうだったので、深く訊かないことにした。言葉遣いはしっかりしていたし、こちらの質問の内容を的確に捉え、簡潔に答えを返してくる。川越の町にくわしく、地名と場所をきちんと把握していることもあり、採用となった。

翌週の月曜日の朝、弓子さんがやってきた。制服のつなぎに着替えてもらうと、意外に似合った。化粧っ気はないが、肌がきれいで透明感がある。つなぎのような男っぽい作業着になると、不思議なかわいらしさがあった。

まずは電話対応のマニュアルを読み込んでもらい、伝票整理の説明をした。飲み込みが早く、午後から実際に電話応対の仕事をしてもらうことになった。

「はい、川越運送店一番街営業所です」

電話を取る弓子さんの声が響いた。少しこもったような低い声だが、よく通る。応対は申し分ない。落ち着いているし、ちゃんと復唱している。

「大丈夫。注文書もきちんと書けてる」

弓子さんが持ってきた注文書を確認し、そう言った。

「よかった。仕事は久しぶりなので、すごく緊張しました」

弓子さんはほっとしたような顔になり、うれしそうに笑った。

営業所の建物の奥には、小さな中庭がある。いわゆる坪庭だ。建物ができた当時からあるもので、小さな池のまわりに木が植えられている。この中庭に面した小部屋が従業員の休憩スペースになっていて、わたしはたいていここで弁当を食べる。坪庭には、季節ごとに花が咲いたり、実がついたり、差し込んでくる陽の光が池に映ってちらちら揺れたり……。毎日眺めるたびにしあわせな気持ちになる。

昼の休憩時間に小部屋に行くと、先に休憩にはいった弓子さんが弁当を片付けているところだった。

「あ、すみません。あまりに庭がきれいで、ぼんやりしてしまってました」

弓子さんがあわてて立ち上がる。

「いいわよ。この部屋にも子機はあるし、電話は取れるから」

わたしはテーブルに弁当を置きながら答えた。

「それに、わかるわよ。この庭、きれいよね。わたしも見るたびにそう思う。もう何年も毎日のように見てるのに、いまでも毎日きれいだなあ、って」

「そうなんですか」

弓子さんは短く言った。

「ハルさんは、いつもお弁当なんですね」

「そう。毎朝、息子のお弁当を作らなくちゃならないから、そのときいっしょに作るのよ。まあ、それも今月で終わりだけど」

「どうしてですか?」

弓子さんが首をかしげた。

「息子が高校、卒業してね。四月からは大学生。北海道に行くの」

「そうなんですか」

弓子さんがぼうっと天井を見上げる。

「森林科学を勉強したいんだって。山が好きでね。北海道大学の山岳部にはいりたい、っていうのもあったみたい」

「山……いいですね」

弓子さんが微笑んだ。不思議な人だ、と思った。「北海道の大学に行く」と話すと、たいてい「どうしてわざわざそんな遠いところを選んだんですか」みたいな反応が返ってくる。だけど、弓子さんは自然に受け入れてしまったみたいだ。

「じゃあ、お店に戻ります」

弓子さんはそう言って、弁当箱を持って立ち上がった。

弓子さんのうしろ姿を見ながら、三日月堂のことを思い出していた。高校を卒業するとき、両親からお祝いにもらった三日月堂のレターセット。便箋と封筒一枚一枚にわたしの名前が印刷されていた。うれしくて、もったいなくて、なかなか使えなかった。

そうだ、森太郎の卒業祝い、どうしよう。ずっと考えていたのになかなか決まらずにいた。だいたい高校生の男子がなにが好きかなんて、よくわからない。卒業祝いはなにか記念になるものをあげたいんだけどなあ。

「あ、ハルさん」

柚原さんの声がした。

「今日はお弁当なの？」

「外で買ってきたんです。前から気になってた、おこわのお弁当」

柚原さんは鼻歌を歌って、レジ袋から弁当を取り出す。

「ねえ、柚原さん。男の子ってなにもらったら喜ぶかな？」

お茶を注いでいる柚原さんに話しかける。

「男の子って、森太郎くんですか？」

「そうそう。卒業祝い、なににしたらいいかよくわからなくって」

「なるほどー。そのくらいの男子は……たしかによくわからないですねえ。高校の卒業祝い、わたしは万年筆をもらいましたけど、いまはどうなんでしょうねえ。みんなパソコンとスマホに置き換わっちゃいましたし」

柚原さんが首をひねった。

「ハルさんは、なんでした？」

「わたしはね、三日月堂のレターセットだった」

「三日月堂って、弓子さんの……？　そういえばこの前言ってましたよね、あそこ、印刷所だった、って」

柚原さんがおこわをぱくっと口に入れた。

「そうなの。三日月堂では名入れレターセットを作ってて。わたしのまわりでは憧れの的だったのよ。三日月堂のマークがまた素敵で……。三日月の上にカラスがとまったシルエットなの」

「それは女子にとってはたまらないですねえ。でも、いまはどうかなあ。手書きの手紙なんて書きますかね？　それに、男の子はどうなのかな？　手紙なんて、よけい書かない気が……」

「そうよねえ」

「あ、大西くんに訊いてみたらどうですか？　大学生で歳も近いし。ちょっと呼んできます」

柚原さんは立ち上がって、店の方に出て行った。


「卒業祝いですか？」

大西くんが言った。

「えーと、僕はペンケースでした」

「ペンケース？　そういうの、まだ使うんだ。若い子はみんなスマホかと」

柚原さんが首をかしげる。

「全然使いますよ。授業ではノートも取るし、テストもあるんですから」

「そうか……そうだよね。じゃあ、万年筆はまだありなのかな」

「僕は大好きですよ。書き心地が圧倒的にいいですし」

大西くんがうれしそうに言う。

「でも、さすがにレターセットは使わないよね？」

「レターセット？」

大西くんが大きく目を開いた。

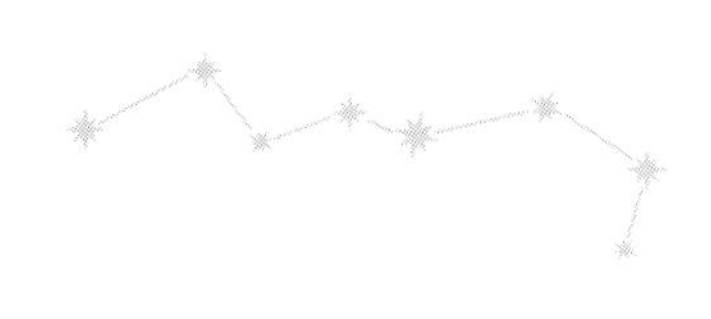

「わたしは卒業祝いに両親からレターセットをもらったの。例の三日月堂で作ってた、名入りのレターセット」

「名前入り……？」

「え、ええ。むかしだから、活版印刷で……」

「しかも、活版印刷？　すごい」

なぜか興奮した口調だ。

「いや、僕、実は文具オタクなんで……。名前入りで、活版印刷のレターセットなんて、もらったらめっちゃ感動します！」

「うわ、そうなの？」

柚原さんは驚いた顔になる。

「そりゃ、もう。活版印刷の独特の風合いはたまらないですからね」

「ふうん。そういうものなんだ。ところで、その『活版印刷』ってなに？　ふつうの印刷とは違うの？」

「むかしの印刷方法ですよ。ほら、いまはコンピュータに入力すれば、そのまま文字が出てくるじゃないですか。でも、むかしはそんなのなかったから、『活字』っていう小さな一文字ずつのハンコみたいなのを並べて、型に入れて、インクをつけて刷ってたんですよ」

「嘘……？　でも、そうか、そうするしか、ないもんね……」

「まあ、いまは活版の印刷所なんてあまりないですけど、一部にはファンがいるんですよ。いまの印刷にはない、手触り感があるって」

「だけど、森太郎くんはそういうタイプじゃないでしょ？　登山が好きな、どっちかっていうと……アウトドア系？」

「いや、そういう人は案外喜ぶかもしれません。山だと電波通じなかったりするじゃないですか？　だからネット民はそういうところに行きたがらない。山が好きってことは、ローテク好きな人なんじゃないかと」

なにが根拠かわからないが、大西くんは力強く言った。

「いや、それ、さすがに強引すぎでしょ？」

柚原さんが笑った。

「そんなこと、ないですよ。それに、もともと文具フェチは男の文化ですよ。万年筆だって、ノートだって」

「まあ、どっちにしても、三日月堂はもうやってないんだけどね」

「そうか。あそこにはむかし活版印刷の機械があったんですね。それはちょっと気になるなあ」

　大西くんがつぶやく。

「五年前まで、ずっと営業してたのよ」

「機械、もう処分しちゃったんでしょうか」

「まだあるかもね。そういう機械って、捨てるのも大変だろうし。建物を取り壊したんなら、いっしょに処分しちゃうだろうけど」

「じゃあ、弓子さん本人に訊いてみたら？」

　柚原さんが言った。

「そうですね」

　言うなり、大西くんは部屋を出て行った。わたしも少し気になって、大西くんを追いかけて店に出た。


「印刷機ですか？　まだありますよ」

　大西くんが質問すると、弓子さんは、当然、という顔で答えた。

「ほんとですか？　活字は？」

「全部あります。印刷所だったときのままです」

「ほんとですか？」

「活字は産業廃棄物で、ふつうには捨てられないんです。印刷機も処分しようとすると費用がかかるので、そのままになっていて……」

「それ、見たいんですけど」

大西くんが食いつくように言った。

「活版印刷、ちょっと興味があるんです。活字が並んでるとこ、前から見たくて」

弓子さんが不思議そうな顔になる。

「え、ええ……別に、見るだけだったらいつでも……。ただ、散らかってますよ。少しずつ片付けたりしてますけど、五年間放ったらかしだったので」

戸惑っているのだろう、弓子さんの目がきょろきょろっと動いた。

「わたしも見てみたいわ」

大西くんのうしろから言った。

「そうなんですか。わかりました。別にいつでもいいですよ」

「今日はどうですか？　僕、仕事のあとはジョギングだけで……」

大西くんがわたしの方を見た。

「そうねえ。今日は葛城さんはなにか用事があるって言ってたし、じゃあ、一日お休みにしましょうか」

「なら、わたしも行ってみようかな」

柚原さんの声がした。

4

「これは……」

三日月堂にはいるなり、大西くんが声をあげた。そのまま立ち尽くし、ぽかんとまわりを見回している。

「すごーい」

柚原さんが息をもらす。三日月堂は変わっていなかった。扉をあけると向かい側にすぐ活字の棚。壁は四方すべて活字のはいった棚で覆われている。鴨居の上、天井ぎりぎりまですべて棚で、ぎっしり活字が詰まっている。そして、大きな歯車のついた、自家用車くらいの大きさの印刷機……。

「これ、印刷機ですよね？　動くんですか？」

大西くんが弓子さんに訊いた。

「動くと思います。五年前、ここをしまうとき、いちおうちゃんと手入れをしましたし。電気式なので、動かしてみないとわからないですけど」

弓子さんが真っ黒い機械を撫でた。

「手入れ、って、弓子さんが？」

柚原さんが訊いた。

「はい」

弓子さんがうなずく。

「すごい。こんな機械の手入れが、できるんだ」

柚原さんも大西くんも目を丸くする。

「弓子さん、大学時代、よくここで手伝いをしてたものね」

「ええ、よくバイトしてました」

「つまり、弓子さんはここの機械を使えるってことですか？」

大西くんが訊いた。

「え、ええ……」

弓子さんがためらいながらうなずく。

「この大きいのは、ひとりで動かしたことがないので……祖父が使うときに手伝っ

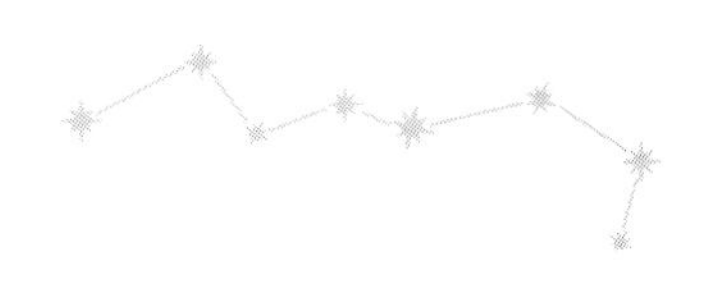

たことはありますが……。でも、あちらの自動機とか、手キンなら……」

「手キン？」

「あれです」

弓子さんが奥にある機械を指した。うえに円盤がついた、古めかしい機械だ。

「あれだったら、いま印刷できますか？」

「さすがにいますぐは……。ずっと使ってなかったので、少し調整しないと……」

大西くんの勢いに、弓子さんは少したじろいでいる様子だ。

「そうか……。でも、見てみたいなあ」

「きちんとしたものが刷れるかはわかりませんが、動かすくらいはできると思いますよ。完全に手動で、動力もないですから」

「ほんとですか。やった」

大西くんは小さくガッツポーズをした。

「インキはどうだろう」

弓子さんが棚から缶を取り出し、蓋を開ける。へらのようなものをインキに突っ込み、混ぜる。

「これなら……。上の方は固まってますけど、下はまだ使えそうですね」

そして、機械のレバーを下ろしたりあげたりを何度か繰り返した。

「動きますね」

大西くんが機械をのぞきこむ。

「ええ。でも、問題はこのローラーなんですよね」

弓子さんが言った。

「ローラー？」

「ええ。このインキをのばすローラーです。樹脂製なんですが、劣化するんです。ひび割れていたりしたら、インキを均一にのばせない」

弓子さんが目を凝らしてローラーを見た。

「見ただけじゃちょっと……わからないですけど」

「じゃあ、印刷してみましょうよ」

大西くんが言った。

「そうですね。でも、なにを印刷しますか？」

弓子さんがあたりを見回した。

「レターセットは……？」

柚原さんが言った。

「レターセット?」

「ハルさんには高校三年生の息子さんがいるんですが、卒業祝いになにを贈るか、なかなか決められないみたいで……それで、むかしハルさんがもらった三日月堂製の名入れレターセットの話になって……」

柚原さんがわたしの代わりに答えた。

「ああ、あれは人気商品でした。ハルさんも持ってらしたんですか。使ってくれてた人がいると思うと、なんだかうれしいです」

──そうか。使ってくれてる人がいるんだ。うれしいですねえ。

はじめて会ったときの弓子さんのお父さんの声を思い出した。

「あのレターセットなら便箋もサイズが小さいですから、この機械で刷れますよ。息子さんのお名前は……?」

「市倉森太郎です」

「あのレターセット用の型はよく使ってたから……」

弓子さんが棚の前に立つ。上から順にのぞきこんでいく。

「ああ、ありました。これが封筒の型ですね」

弓子さんが紐でしばられた金属の塊を差した。

「あとは活字を拾ってここにセットすれば、印刷はできます」

「ほんとですか？　すごい。活字を……拾う……」

大西くんが目を輝かせた。

「でも、どうやって探すの？　無限にあるように見えるけど……」

柚原さんが棚を見回した。

「文字は全部部首別に画数順に並んでます。漢和辞典と同じですよ」

弓子さんが言った。

「ええと、まず『市』は、と……」

慣れた様子で棚の前を移動し、活字を抜き出す。

「文字って、ほんとにたくさんあるのねえ」

わたしはため息をついた。

「ここでは文字が『活字』という『もの』として並んでるから、よけいそう感じるのかもしれませんね」

弓子さんが微笑んだ。ふだん本や新聞や雑誌を見るとき、文字はある意味を持って並んでいる。だから、それをひとつひとつ独立した『もの』と意識しない。だけど、ここでは……。

弓子さんが浅い木の箱を手に持ち、棚の前を移動していく。

なぜか、森太郎の名前を考えていたときのことを思い出した。夫といくつも案を出したが、なかなか決まらなかった。意味が気に入っても、見た目があんまりよくないとか、画数が悪いとか……。

でもほんとは、ひとつに決めてしまうのが怖かったのかもしれない。ひとつに決めるということは、ほかの名前を捨てる、ということだ。ほかの可能性を捨て、ひとつの運命を選び取る。それが怖かった。

「活字、そろいましたよ」

弓子さんの声がした。箱の中に五本の活字がはいっている。一本つまみあげると、『森』という字だった。

どきんとした。小さな金属の硬い光に、気持ちがしんとする。

「どうかしましたか？」

弓子さんが言った。

「息子の名前が決まったときのことを思い出したの。それまでさんざん悩んで決まらなかったのに『森太郎』っていう案が出たとき、なんだか急に、それがいい、って気がした。夫もわたしもね。それで、これしかない、これでいこう、って」

弓子さんが微笑み、活字を見下ろす。

あのとき、ここにあるほかのすべての文字を捨てて、森太郎って名前を選んだ。生まれてきた子を見たとき、ああ、これでよかった、って思った。この名前で合ってた、って。あれほど悩んだのが嘘みたいだった。

弓子さんは拾ってきた活字を順番に並べ、型に入れた。ネジで固定し、印刷機に取り付ける。円盤にインキをのせ、レバーを引く。

「動いた」

大西くんが声をあげた。円盤のうえをローラーが行き来し、インキがのびた。

「じゃあ、刷ってみますね」

弓子さんが棚から紙を出し、印刷機にセットする。ぎゅっとレバーをおろす。ローラーが版につき、紙が押し付けられた。

「あ、刷れた」

大西くんが声をあげる。何回か同じ紙で試したあと、弓子さんが封筒をセットした。

「え、このまま……?」

大西くんが弓子さんを見た。

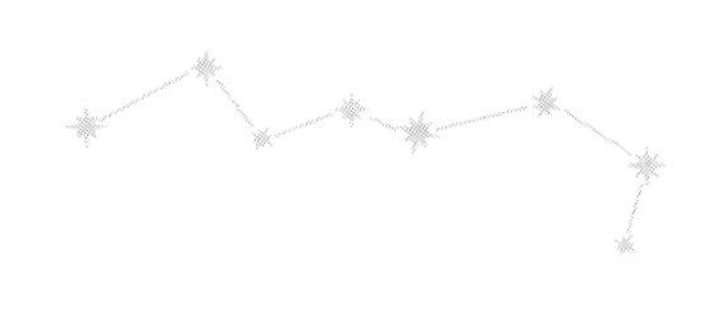

「ええ。上からハンコみたいに押すので、袋や冊子にも刷れるんです。それも活版印刷のいいところですね」
弓子さんがレバーをおろす。
ところどころかすれているが、封筒に文字が並んでいた。

市倉森太郎

「すごい。ほんとに刷れてる」

柚原さんも感嘆の声をあげた。

「でも、やっぱりダメですね。均一に刷れてないし、ところどころかすれてるし……。ローラーのせいですね」

弓子さんは封筒に目を近づけ、まっすぐにしたりかたむけたりした。

「このままじゃ、きれいには刷れないです」

「でも、交換すれば刷れるんですか？」

大西くんが訊いた。

「……刷れるとは思いますけど……」

弓子さんは自信のなさそうな顔だ。

「もしできたら、刷ってほしいの」

わたしは言った。無理を言っているのはわかっていた。だが、文字を見た瞬間、思ったのだ。どうしてもこれを贈りたい、と。

「卒業祝い、やっぱりこれを贈りたいと思って。手数がかかるものだから、代金もちゃんと払います。試してみてもらえないかしら」

「でも、商品になるようなものが刷れるかどうかは……」

「やってみて、どうしてもダメだったらあきらめる」

弓子さんはじっと考え込んでいる。

「わかりました。じゃあ、やってみます」

しばらくたってから、弓子さんが言った。

「ほんとに？」

「ただ、準備に少し時間がかかりますし、今日これから、というわけにはいきません。何日か待ってもらってもいいですか？」

「もちろん。よかった。じゃあ、お願いします」

なんだか心が羽ばたくような気がした。

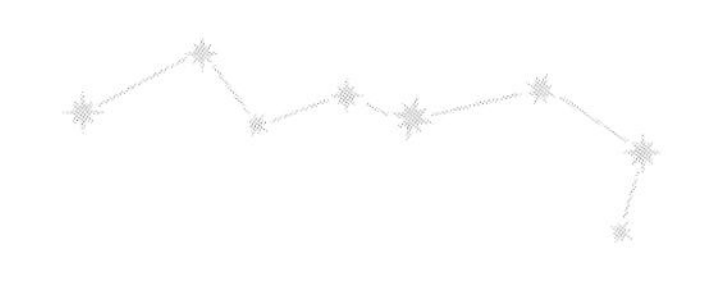

三日月堂にずいぶん長いこといたらしい。出たときにはもう八時近かった。

家に帰ると電気がついていた。

「お帰り。遅かったじゃん」

キッチンに森太郎がいた。

「ごめんごめん」

「なに？　ジョギング？」

「ううん、今日はちょっと……」

三日月堂のことは話せない。

「なんかいい匂いするね」

ごまかして、話をそらした。

「いや、母さん、なかなか帰ってこないから……」

鍋が火にかかっている。カレーの匂いがたちのぼっていた。

「冷蔵庫にあったもので作ったよ、カレー」

「ほんと？　えらい。さすが、わが息子」

「まあ、四月からはひとり暮らしだしね。これくらいできないと」

鍋の蓋をあける。じゃがいも、にんじんのほかに、なすとブロッコリーがはいっている。ずっとふたり暮らしだったせいで、森太郎はけっこう料理もできる。ほかの男の子のお母さんに話すと感心されるが、別に教育方針とかそんな恰好のいいものじゃない。やむなくそうなっただけだ。

森太郎の作ったカレーはなかなかおいしかった。

「そうだ、引っ越しなんだけどさ。向こうの山岳部の人からも誘われてるし、三月のあいだに行こうと思ってるんだ」

食事が終わるころ、森太郎が言った。

「え？　でも、寮にはいれるのは四月からじゃないの？」

「うん。だけど、それまで先輩が家に泊めてくれる、って」

「荷物は？」

「先にまとめて、日付指定で配送する。まあ、そんなにないと思うし」

森太郎はなんでもないことのように言う。

「でも……」

「もう先輩にも連絡したんだ。来週中に行くことにするよ」

なんだか全部ひとりで勝手に決めちゃっているみたいだ。

ほんとはわたしも引っ越しの手伝いに行こうと思っていた。もういっしょに暮らすのは最後かもしれないのだ。夏休みとか、長期の休みのときには帰ってくるかもしれない。でも、それだって、部活だのなんだのがあって、ほんとうに短い期間になるだろう。だから、引っ越しの荷造りも手伝って、四月になってからいっしょに……とわたしはわたしで勝手に考えていた。

そう、勝手に。なんだか心がしゅんとしぼんだ気がした。

「手伝いに行かなくていいの？　三月中は仕事が忙しくて、行けないんだけど」

「別にいいよ。だって、入学式には来るんだろ？」

「それは、まあ……」

だから、入学式前に引っ越しの手伝いに行って、どうせなら二泊くらいして、いっしょに札幌観光でもして……と思っていたのに。

「だけど、森太郎、ひとりで住むの、はじめてでしょ？　生活に必要なものとか、いろいろあるんだよ。むこうでいっしょに買い物に行かなくても大丈夫？」

「そんなの、家で使ってるから、だいたいわかるよ。それに、寮なんだよ？　足りないものがあっても、なんとかなるって」

森太郎は涼しい顔で言う。だいたいわかる。ちょっとかちんと来た。たしかに森太郎は男の子にしては家事もできる。料理も手伝ってくれるし、買い物だって任せられる。だけど、部屋の掃除や洗濯をしてるのは、いまでもほとんどわたしだ。そりゃ、ときには手伝ってくれることもあるけど、それはあくまでわたしが道具をそろえているからで……。

「母さん、心配しすぎだよ。大丈夫だよ、家事なんて、どうとでもなるって」

家事なんて。しぼんだ心がさらにしわくちゃになる。ずっと仕事と家事に追われてた。ほんとにたいへんだったんだ。それを「家事なんて」って……。

「どうしたんだよ。なんでそんなに暗い顔になるの？　せっかく新生活をはじめるんだよ。いろいろやりたいことがあるんだ」

「別に。暗い顔なんて、してないわよ。ほんとに大丈夫かな、って思ってるだけ」

言ってしまってからはっとした。思ったよりきつい声になっていた。

森太郎はじっと黙ってしまった。

「わかった。とにかく、来週末には行くから」

がたんと立ち上がり、自分の皿を流しに運んでいく。がちゃがちゃと皿を洗う音がした。残ったカレーを食べる気になれず、ぼうっとそのまま座っていた。

森太郎は皿を片付けるとさっさと自分の部屋に行ってしまった。がたがた音がしているから、引っ越しのための荷物の整理をしているのだろう。手持ち無沙汰で、見たくもないテレビをぼんやり眺めていた。まったくなんてバカなんだ。いっしょに過ごす時間はあと少しなのに。

テレビに映っている洗濯洗剤のコマーシャルを見ながら、わけもなく涙がこぼれてきて、いかんいかん、こんなことでは、と袖で涙をぬぐった。おかしいよ。森太郎は成長したんだ。喜ばしいことじゃないか。自分がこれまでがんばってきたのは、このためじゃないか。なのに、なぜ泣いてるんだ？　森太郎が未来に向かって羽ばたいていくときに。

未来に向かって羽ばたく……。コマーシャルみたいな言い回しだ。情けなくなって、はあっ、とため息をついた。

5

「それでね、来週末には北海道に行く、って言うのよ」

昼休み、奥の部屋でいっしょになった柚原さんに、森太郎とのことを話した。

「気持ち、わかりますよ。でも、男の子って、そういうもんじゃないですか？　わたしは子どもいないからわからないですけど」

柚原さんがうなずきながら言う。

「やっぱり、わたし、子離れできてないのかな」

ぼそっとつぶやく。

「そうかもしれないですけど、それはそれで仕方ないんじゃないですか？」

柚原さんは、ははは、っと笑った。

「でも、三日月堂のレターセット、もしできてもこのままじゃ渡せないかも」

「なに言ってるんですか。このまま森太郎くんが引っ越して行っちゃっていいんですか？　引っ越しまでにちゃんと作って、渡さないと」

柚原さんが呆れたように言う。

「だいたい、親子ゲンカなんて、そう長続きしませんよ。それに、卒業祝いなんでしょう？　この三年間、ううん、十八年間の思いがこもってるわけで……」

「まあ、それはそうなんだけど……」

「ちゃんとプレゼントして、ちゃんと送り出さないと、後悔しますよ」

柚原さんの言う通りだ。言う通りなんだが……。

だいたい間に合わないかもしれない。弓子さんは機械の調整に何日かかかるって

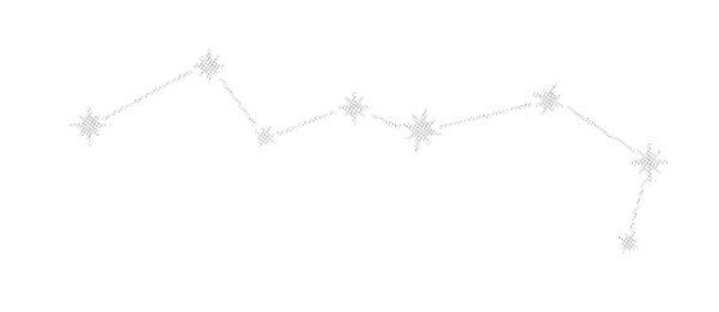

言ってた。出発も早まってしまったし、間に合わないんじゃないか。

「ダメだな、わたし」

しゅんとしながら弁当を片付けた。

次の火曜、営業所を出ようとしたとき、弓子さんに呼び止められた。

「あの、例の印刷機の件なんですけど……」

心なしか、いつになく興奮したような声だった。

「ローラー、交換できそうです」

「ほんと？」

「はい。まだ手に入ってはいないんですが、目処はたちました。今週中にはなんとかなるかと……」

——ちゃんとプレゼントして、ちゃんと送り出さないと、後悔しますよ。

柚原さんの言葉が耳の奥に響く。その通りだ。あれから森太郎と口をきいてない。

でも、プレゼントはちゃんと準備しなければ。そう心に決めた。

「じゃあ、印刷、お願いできるの？」

「うまくできるかわからないですけど……とにかくやってみます」

弓子さんの声は少し震（ふる）えている。

「ありがとう。印刷するときは教えて。見にいきたいの」

「わかりました」

「みんなも誘（さそ）ってみる」

弓子さんが、はい、とうなずいた。


水曜日、休みを取っていた弓子さんから、夕方にメッセージがはいった。ローラーが手に入ったから、今日の夜印刷できる、と言う。

仕事が終わってから、大西くんといっしょに三日月堂（みかづきどう）に行った。柚原（ゆずはら）さんも誘（さそ）ったが、今日は葛城（かつらぎ）さんやほかの友人たちと飲みにいく約束をしているらしい。

弓子さんはもう作業をはじめていた。

「あれから機械を調整して、ローラーを変えたら、だいぶよくなってきました」

「ほんとですか？」

大西くんが印刷機に近寄（ちかよ）り、そばに立てかけられた試（ため）し刷りを手に取った。

「ほんとだ。きれいですね」

「でも……」

弓子さんはルーペを使い、活字の印刷をじっと見ている。

『倉』に少し欠けがありますね。あと、『森』の字が全体に太ってます」

「そうかな？　あんまりよくわからないけど……」

「ルーペを使えばわかりますよ」

弓子さんがルーペを差し出す。拡大して見ると、たしかに弓子さんの言っていた通りのようにも思える。

「けど、そんなに目立たないですよ。少し欠けたり、字にばらつきがあっても、それが味のような気もしますけど……」

大西くんが言った。

「ダメです」

弓子さんが即座に答えた。

「字に傷があったら、名前にも傷がつきます。それは、よくない。祖父はそう言ってました。名前だけじゃない、どんな言葉でも同じです」

そう言うと、もう一度活字の棚に向かった。

「長いことやってなかったから、こういうこと、すっかり忘れてました」

活字を一本一本見ながら、弓子さんが言う。

「祖父がいたころは……最後に必ず祖父が全部チェックしてくれましたから。いろいろわかってるつもりだったけど、結局お手伝いだったんですよね」

活字を見る目が鋭い。見たことのない顔だった。

何度か活字を入れ替えて試したが、なかなか満足のいくところまでいかないみたいだ。気がつくともう八時を回っていた。だが、どうなるのか気になる。もう少し見ていたい。

結局、十時すぎまで三日月堂にいた。弓子さんはまだ少し調整したい、と言う。

「すみません、面倒なことに巻き込んでしまって」

弓子さんが深々と頭をさげる。

「そんなことないわよ。むしろこっちが無理を言ったんだから……。でも、ここまできれいなら、充分だと思うの。自分も手伝ったし、手作りだと思えば……」

「いえ。刷るからにはちゃんとしたものを刷りたいんです。でないと祖父に叱られます。でも、あとはひとりでやります。わたしは明日は遅番ですから、もう少しがんばります」

弓子さんはきっぱりと言った。

「わかったわ。でも、無理しないでね」

「あ、あとひとつ。インキの色はどうしますか？　試し刷りは黒でしましたけど、インキが残ってれば、調色できますから」

そうだった。三日月堂のレターセットはそこもウリだった。

森太郎はどんな色がいいんだろう。

森

試し刷りの便箋を見直したとき、その字が目に飛び込んできた。森。森太郎。森林科学。そうだ、森の色。

「緑。深い緑。森の木の葉みたいな色でお願いします」

「森の木の葉の色……いいですね」

弓子さんは目を閉じ、小さくうなずいた。

大西くんと三日月堂を出た。

「弓子さん、すごいですね。職人の血を引いてるだけある」

大西くんが感心したように言う。

「そうね。凝り性で、熱中するととことんやる。それに……」

「それに？」

「ちょっと、頑固」

くすっと笑うと、大西くんも「たしかに」と言って、少し笑った。

家には電気がついていた。森太郎の部屋じゃない、キッチンだ。玄関にあがると、森太郎が出てきた。

「えらいおそかったね。仕事でなんかあったの？」

心配そうな顔だ。

「ううん。そうじゃないの。ジョギング仲間と話し込んじゃって」

笑って答えた。

「なんだ、そんなことだったのか。心配して損した」

「ごめん、ごめん」

心配してたんだ……。子どものくせに。でも、そうだよな。遅くなるときにはいつも連絡してたし、無断で遅くなることなんて、滅多になかったんだから。

「なんか、この前も急に遅くなったからさ。仕事でなんかあったのかなってちょっと心配してたんだよ。でも、なんだ、ジョギングかあ」

あきれたように言って、ため息をつく。

「まあ、いいや。で、ごはん食べたの？」

「あ、忘れてた」

すっかり忘れていた。そのときはじめて、お腹が空いていると気づいた。

「いい加減、無理しない方がいいよ。年なんだし」

森太郎が笑った。

「失礼ね」

わたしも笑った。いつのまにかぎくしゃくした感じが消えていた。

「鍋に残り物で作った豚汁あるから、食べれば。ごはんもあるよ」

鍋を温め直していると、森太郎はお風呂にいってしまった。豚汁はおいしかった。自分が作ったのと同じような味で、なんだかおかしかった。


翌日出社すると、建物の前に弓子さんがいた。

「あれ、今日は遅番のはずじゃ……」

「はい。ただ、これをハルさんに見てもらおうと思って……」

弓子さんがカバンから紙を取り出す。

名入れレターセットだ。便箋と封筒一枚ずつ。はっと息を飲んだ。

きれいな緑色で、罫線と森太郎の名前が刻まれている。

「すごい。同じだわ。わたしがむかしもらったのと」

昨日の試し刷りのときとは全然違う。どこがどう変わったのかわからないが、きちんとした佇まいで、とてもうつくしかった。

市倉森太郎。

この名前を何度書いたことか。保育園時代の服や下着、着替え袋に昼寝用シーツ。あのころは全部ひらがなだったけれど。小学校にあがったときの、上履き、体育着、教科書。色鉛筆やクレヨンの一本一本、算数セットの細かい部品のひとつひとつにまで名前を書かなければならなくて、何時間もかかった。その文字がきれいに並び、なつかしい三日月堂の紙に刻み込まれている。

「インキ、この色でいいでしょうか。それを見てもらいたくて」

木の葉のような色だった。ほんとうの森が浮かんでくる。

「いいわ。とってもいい。この色でお願いします」

わたしは深呼吸して答えた。

「よかった。あれからいろいろ試行錯誤して、ようやくできたんです」

弓子さんが、ふう、と息をつく。

「もしかして、徹夜したの？」

「はい」

弓子さんが苦笑した。言われてみると、いつもより疲れた顔だ。

「もう年ですね。徹夜は……応えます」

ははっと笑った。

「実は、昨日も朝早くから遠出をしたので……」

「遠出？」

「ローラーを受け取りに……。ローラーは業者に頼めば作ってもらえるんですが、受注生産なので、二、三週間かかってしまいます。それだと間に合わないと思って、あちこちに問い合わせてみたんです。同じ機械を使っているところなら、買い置きがあるかもしれない、と思って」

「そんなに無理しなくてもよかったのに」

「でも、急がないといけない、と思って……」

弓子さんがぼそっと言った。

「息子さん、今週末には北海道に行ってしまうんですよね。柚原さんから聞きました。だから、間に合わせないと、と思って」

柚原さんが……。そうだったのか。

「火曜日の夕方、福島の方で譲ってくれるっていう方が見つかって……」

「じゃあ、福島まで取りにいったの？」

「そうなんです。宅配便、その日の集荷は終わってしまっていて、木曜着になるって言われて。それじゃ間に合わないと思って、昨日、早朝にこっちを出て……」

福島まで往復して、そのまま徹夜になったのか……。

「大丈夫ですよ、さっきまではすごく元気だったんです。なんだか夢中になっちゃって。でも、急に眠気がおそってきました」

弓子さんが笑った。

「ありがとう」

弓子さんの顔をじっと見た。

「じゃあ、この色で刷りますね。仕事の時間まで仮眠して、夜帰ってから刷ります。インキが完全に乾くまで一日かかります。でも、明日の帰りには渡せると思います」

——お母さん、死んじゃったから。

あのときの小さい弓子さんの顔が重なる。なんだか泣きそうな気持ちになる。

「ありがとう。ほんとうに」

礼を言うと、弓子さんはぺこっとはずかしそうに笑って、頭をさげた。

弓子さんが残していったサンプルを大西くんと柚原さんに見せた。きれいですね、と柚原さんは言った。この文字を見てると、なんだか泣けてきます、と。僕もちょっとほしくなりました、と大西くんも言った。ジョギングで会った葛城さんにも経緯を話しながら見せると、これはいいね、うちの店用にもなにか作ってもらいたいくらいだ、と言っていた。

午後、定時より前に弓子さんはやってきた。もうさっきの眠そうな顔じゃない。いつもの弓子さんだ。てきぱきと仕事を片づけている。でも、やっぱり弓子さんには印刷所の方が似合う。そう思った。


家に帰ると、森太郎はいなかった。荷造りに必要なものを買いに行く、という書き置きがあった。森太郎が決めた引っ越しの日まで、あと二日。そうっと部屋をのぞくと、壁に沿って段ボール箱が積み重なっている。全部ひとりで詰めたのだ。

もうほんとにしっかりしてるじゃないか。

なんだかほっとして、力が抜けた。森太郎はここを出て行く。ここを巣立って、あたらしい場所に行って、自分の人生を切り開く。わたしはいっしょに行けないけれど、森太郎のほんとの人生はすべてこれからはじまる。

すごいことだ。

よくやった、ここまでよくやったよ、自分。

そう思ったとき、急にうわっと涙が出た。

6

翌日、弓子さんからレターセットを受け取った。むかしと同じ箱がまだいくつか残っていたらしい。カラスがとまった三日月のマークの箱に、森の色のインキで刷られたレターセットがきれいにおさまっていた。

最後の晩ごはんのときに渡そうと思っていたのに、結局渡せないまま、森太郎は寝てしまった。わたしも仕事の疲れですぐに眠りに落ちたけど、明け方に目が覚めた。机の引き出しからレターセットを取り出す。

どうしよう。これ、いつ渡せばいいんだ？　窓辺に座って、レターセットの蓋を開けた。「市倉森太郎」の文字に朝の光があたる。

――なんだか、決まるときは一瞬だったな。もしかしたら、お腹のなかの子が、この名前にしろ、って呼びかけてきたのかもしれない。

あのとき、夫はそう言った。でも、決まるまでは……。ああだこうだ言い合って、喧嘩になったこともあったっけ。森太郎という名前を思いついたのは夫だった気がする。理由は忘れてしまったけど……。

いや、そうだ、夫はよく言っていた。世界は「森」だ、って。人生は道、世界は森、結婚は橋。旅行が好きで、旅行代理店に勤めていた夫は、よくそんなふうにいろんなものを地形にたとえた。

——世界に出て、世界と向き合う子になってほしいんだよ。

あのときもそう言っていたんだ。

なんでこんな大切なこと、忘れていたんだろう。

このこと、森太郎にちゃんと伝えないと。急にいてもたってもいられなくなった。

でも、口で言える自信はない。こんな話をしたら、泣いてしまうかもしれない。

そうだ、手紙。手紙を書こう。

たしかまだ残ってたはずだ。

押し入れから段ボール箱を引っぱり出す。古いものをしまいこみ、ここに越してきたとき以来、開けていなかった箱。

あった。

奥の方から三日月堂のレターセットの箱が出てきた。最後の一枚をどうしても使うことができなくて、そのままとってあったわたしの名前のはいったレターセット。森太郎のと並べてみる。まったく同じ箱。同じマーク。ただ、古い。

震える手で箱を開けた。はいっていた。しまったときのまま、便箋と封筒が一枚ずつ残っていた。濃い桜色の罫線と名前。

藤山ハル

――ハルは春だからね。花の色にしたんだよ。

これを渡してくれたときの、父と母を思い出す。父が亡くなってから、生家は処分した。母も一昨年亡くなった。

わたしも、守られていたんだな。自分の名前を見ながら思った。この名前に、父と母の思いがこめられていた。この便箋に、生まれてから巣立つまでの年月がこめられていた。

最後の一枚。

失敗できないな。机に向かい、背筋をしゃんと伸ばす。そのとき、思い出した。最後にこのレターセットを使ったのは、結婚する少し前。夫に、これからふたりでがんばろう、って書いたんだ。その手紙を、夫は小さく折りたたんで、パスケースに入れて、いつも持ち歩いていた。そのことを知ったのは、夫が亡くなったあとだったけれど。

森太郎の名前にこめた夫とわたしの思い、これまでのこと、下書きを書いては消し、書いては消した。丁寧に書き写し、最後にわたしの名前と森太郎の名前を書いて、封をした。

森太郎が起きてくるまでにはまだ時間があった。キッチンに立ち、弁当を作った。高校のあいだずっと使っていた弁当箱に、森太郎が好きだったおかずを詰めた。弁当を作るのは、ほんとうにほんとうにこれが最後かもしれない、と思った。

そうして、弁当とレターセットとわたしの手紙を重ね、玄関に置いてあった森太郎のカバンのなかに入れた。

起きてきた森太郎と朝ごはんを食べ、駅まで見送った。今日は一時間遅刻で出社することになっていた。ほんとうは半休でもいいからとって、空港まで送りたかったが、森太郎は駅まででいい、と言う。

「あのね」

改札口で別れる間際、森太郎に言った。

「カバンにお弁当いれといたから、飛行機のなかで食べてね」

「お弁当？　まったく、母さんは……。そんなの、いいのに」

森太郎はあきれたように言って、カバンをちらっと見た。

「でも、ありがとう。食べるよ」

そう言うと、改札を抜け、そのまま行ってしまった。

7

一週間後、手紙が届いた。あのレターセットの封筒で。森太郎からだった。

無事に北海道の先輩の家に着いたことは、あの日のうちに電話で聞いていた。それからも何度かメールが来た。一昨日、寮にはいった、という知らせも来た。いつも用件だけのメールだったが、その手紙にはけっこう長い文章が書かれていた。

レターセットへのお礼と「これはなかなかいいね。もったいなくてなかなか使えそうにないけど」という感想、そして、自分の名前の由来のこと――。

森林科学を選んだのは、もしかしたらこの名前のせいかもしれない。

俺はずっと、父さんにほめられたかったんだと思う。これまでなにをやってもなんとなく満足できなかったのは、父親がいなかったから。父親からほめられることがなかったからなんじゃないか。進路を決めようとしたとき、そう気づいた。

中学生のころ、母さんと「大人とはなにか」について話したの、覚えてるかな。母さんはそのとき言ったんだ。「自分で自分の道を決めて、そこで人の役に立つ仕事をできるのが大人。父さんはそう言ってた」って。

自分の進路を決めるのは少し不安だった。ほんとにうまくいくのか、それで一生やっていけるのか。だけど、結局自分で決めるしかない。進路を決めることができたのは、母さんからあの話を聞いてたからだよ。だれかにほめられるために生きるんじゃない。自分で決めた道を歩くんだ、って思えた。

今でもちょっと不安だけど、心配はあんまりしてない。

がんばるよ。

あと、お弁当もありがとう。とてもおいしかった。弁当箱はこっちでも使うよ。

母さんみたいに作れるか、わからないけど。

母さんの名前って、結婚する前はああだったんだね。文字になるとなんか新鮮で、びっくりした。母さんにも高校時代とか、大学時代があったんだなあ、って。

いままでありがとう。

また入学式で会うけど、口では言えないから、手紙で言っとく。じゃあ、また。

ぽろぽろ涙が出ていた。

便箋をたたみ、封筒に入れた。空になった三日月堂のレターセットの箱におさめ、涙をぬぐった。もう明後日だ。北海道に行くのは。三日の休みを取って、入学式のために北海道に行く。

森太郎の「これから」を見に行くんだ。だから、泣いているわけにはいかない。レターセットの箱を引き出しにしまい、両頬をぱんぱんと叩いた。

森太郎からの反応を弓子さんに伝え、あらためてお礼を言った。

「よかったです」

弓子さんがほっとした顔になる。

「ほんとに、弓子さんが徹夜でがんばってくれたおかげ。ありがとう」

「いえ、そんな……。わたしも勉強になりました。名前って、不思議だな、って。自分のものだけど、自分では決められない。ほかから与えられるものですよね。なんだか、親と子をつなぐ蝶番みたいだなあ、って」

「蝶番……」

ぽかんとした。

「あ、わたし、変なこと、言いましたか？」

弓子さんがあわてて言う。

「ううん。そんなことない。その通りだな、って、ちょっとびっくりしただけ」

森太郎がどんなに遠くまで行っても、わたしとも、亡くなった夫とも、名前でつながっている。

「実は、わたし……活版印刷をもう一度やってみようかと思うんです」

弓子さんが迷いながら言った。

「え？　ほんとに？」

「はい。あの夜、印刷しているとき、祖父のことをいろいろ思い出しました。『印刷とはあとを残す行為。活字が実体で、印刷された文字が影。ふつうならそうだけど、印刷ではちがう。実体の方が影なんだ』って」

「実体の方が影……？　不思議な言葉ね」

「『わたしは影の主。三日月堂のマークのシルエットのカラスなんだよ』って、笑って言ってました。祖父は亡くなったけど、機械は残ってる。三日月堂の機械を動かすことは、祖父のあとを世に残すことにもなると思うんです。だから……」

弓子さんはそう言ってうつむいた。

「いいじゃない。そういえば、大西くんと柚原さんも、レターセットを作りたいって言ってたわよ。わたしも頼みたいわ」

最後の一枚を使ってしまったことを思い出して言った。

旧姓じゃない、いまの名前で新しいレターセットを作ろう。

「それに、もし仕事する気なら、わたしが宣伝部長になるわ。けっこう、顔が広いのよ」

「ははは……。お願いします」

弓子さんが笑った。春の日差しがおだやかに坪庭を照らしていた。

八月のコースター

1

三日月堂を教えてくれたのは川越運送店のハルさんだった。

「なんとかやっていけてるんですけどね。ほんとにこれでいいのか、ときどき迷ってしまうんですよ」

梅雨時で肌寒い雨の日が続き、少し気持ちが滅入っていたのかもしれない。「最近どう?」と訊いてきたハルさんに、僕はそう答えてしまった。

ハルさんは川越運送店一番街営業所の所長で、小柄でよく笑う女の人だ。うちの店で出すパンや焼き菓子は市内のベーカリーから仕入れていて、その配送を川越運送店にお願いしている。

僕は一番街のはずれで〈桐一葉〉という珈琲店を経営している。大学を出ていちおう大企業に就職したのだけれど、経営が傾いたとき、リストラされてしまった。しばらく塾の講師でつないでいたのだが、珈琲店を経営していた伯父から、店を継がないか、と誘われた。

飲食店の経営なんて考えたこともなかった。でも、伯父の店にはそれなりに愛着があった。小学生のころの僕は、両親の帰りが遅い日は桐一葉で待つように言われ、すみっこの小さな席に座って、ずっと本を読んでいた。「お前が継がないなら、店は手放す」と伯父に言われ、なんとなく惜しくなって、ダメ元でやってみる、と答えた。

最初は見習いとして、伯父のもとで働いた。小さな店だし、調理はトースト程度だから、すぐに覚えた。問題は珈琲の淹れ方だけ。伯父の珈琲はそれはおいしかった。教わってそれなりの珈琲を淹れられるようにはなったが、伯父の珈琲にはいつまでたっても及ばなかった。僕が働きだして二年。店の業務をなんとかこなせるようになったころ、伯父は倒れて入院し、結局そのまま亡くなった。

伯父の育てた店だから。葬儀が終わったあと、そのことを少し重荷に感じながら、僕は店を続けた。常連さんがいたから、店はなんとかやっていけた。だけど、前より味が落ちた、とか、雰囲気が冷たくなった、とかブログに書かれたりすることもあり、そういう記事を見つけると胸がちくちく痛んだ。

実はハルさんは、大学生のころこの店でアルバイトをしていた。だからハルさんは、小学校にあがる前の僕を知っていて、いまでも僕のことを「まあくん」と呼ぶ。そんなこんなで顔を合わせるのがなんとなく気恥ずかしくもあったけれど、ハルさんを見ると少し安心するというのも事実だった。

「迷うって、どう迷うの？　会社勤めに戻りたいってこと？」

ハルさんが首をかしげた。きらきらしたつぶらな瞳で、僕の目をじっと見る。

「いえ、それはもう……こんなご時世だし、無理ですよ。それに、僕自身、会社勤めは性に合ってなかったと思います」

僕は苦笑いした。本心だった。会社が傾いてくると僕は真っ先に切られた。不意打ちだった。営業実績はそんなに悪くなかったのだ。僕より成績の悪い同期にも残った人はいた。なのになぜ自分が……。いまでも理由がわからない。だが、理由がわからないというのも、会社勤めが向いていない証拠なのかもしれない。

「じゃあ、どうして？」

ハルさんがくるっとした大きな目で、僕の目をのぞきこんできた。

「それが……よくわからないんです。でも、なんとなく、この店が……まだ伯父のもののような気がして。僕は代理にすぎない。いつまでたっても……」

まただ。この人が相手だとついいらないことまで話してしまう。だけど、ほんとにそうなんだ。いままで言葉にしたことはなかったけれど、僕の違和感の原因はきっとそこにある。ここは、珈琲店・桐一葉は、あくまでも伯父の店だ。伯父のことは好きだ。僕がこの店が好きなのも、伯父が好きだったからだ。だけど……。

口にしてから、少し後悔した。伯父はこの店を三十年も営んできた。はじめて数年の僕がこんなことを言うのは生意気というものだ。

「ふうん……なるほどねえ。うちも息子がいるから少しわかる気がする」

ハルさんはくすっと笑う。僕はますますはずかしくなった。

「男ってそういうものなのかもね。自分を認めてもらいたい。でも、自分は自分でありたい」

ハルさんが僕の目を見据える。やわらかい口調だが、なんだか少しずつ攻め込まれているような気がして、言葉に詰まった。

「じゃあ、なにか変えてみたら？　そうね、たとえば、店名……とか？」

ハルさんが思いついたように言った。

「店名を変える？」

「仕切り直して、新しい店にするの」

「それは……。常連さんもいるし……あまり変えたくないです。それに、店を継いだときならともかく、いまさら変えるのはちょっとおかしいですよ」

「じゃあ、内装とか、インテリアとか、食器とか……。どれかひとつ変えるだけでも雰囲気が変わるかも」

「でも、いまの内装、何十年もかかって伯父が整えてきたものですからね。統一感もあるし、ひとつだけ変えるとバランスが崩れてしまうかもしれない」

内装を変えるにはかなりのお金がかかる。家具も食器も、全部そろえて変えればけっこうな額になる。それほどの余裕はないし、失敗するのも怖い。

「なるほどねえ。できあがってるものを崩すのは怖い。気持ちはわかるけど、なにかやってみないと、前に進めないわよ」

ハルさんの言う通りだ。あれこれ考えているだけで踏み出せない。自分でなにかを決めることができない。僕のいつもの悪い癖だ。

「そうだ」

うつむいて考えていたハルさんが、とつぜん顔をあげた。

「ショップカードはどう？」

「え？　ショップカード？」

「ほら、前に言ってたじゃない？　伯父さんのころ使ってた紙マッチ、最近あまり使う人がいない、って」

「あ、ええ……」

この店には紙マッチが置かれている。むかしから宣伝代わりに使っていたもので、桐の葉のワンポイントに、店名と連絡先が記されている。だが、もう何年も前から店内禁煙となり、手に取る人が少なくなった。それでも、外の看板にも描かれている桐の葉は店の象徴だったし、紙マッチをめずらしがるお客さんもいたりということもあって、なんとなくそのまま使い続けていたのだ。

でも、そろそろ在庫も切れそうだし、切り替えどきかもしれない。

「紙マッチをやめて、ショップカードにするの。いまはみんなそうしてるでしょ。その方が手に取ってくれるお客さんも増えるかもしれない」

一番街の小さなお店は、たいてい川越運送店の世話になっている。ハルさんは若いころからずっと配達員をしていたから知らないお店はないし、お店のあれこれをハルさんに相談している人も少なくない。というわけで、街の情報通なのだ。

たしかに、最近では、カフェでも飲食店でも、たいていショップカードを置いている。紙マッチよりショップカードの方が単価も安いから、経費削減にもなる。

「でも、みんなが作っているから、個性を出すのがむずかしいですよね？」

紙マッチならとりあえず個性がある。

「それなんだけど……いいところがあるのよ」

ハルさんがウィンクしながら教えてくれたのが、三日月堂だった。

2

そんなわけで、翌々日の夜、店を閉めたあと、ハルさんからもらった地図を頼りに、僕は三日月堂を訪れることにした。

——三日月堂は活版印刷のお店なの。

ハルさんはそう言った。

——活版印刷？　活字を並べて刷るっていう、あれですか？

前に伯父から聞いたことがある。むかしはそうやって印刷していたんだ、と。でも……。

——いまどきそんなのあるのか、って思うでしょ？　けど、いま見ると、逆に新鮮なのよ。

ハルさんがくすくす笑う。

——活版っていっても、お店をやってるのは、弓子さんっていう若い人だから大丈夫。ふつうの印刷に比べたらちょっと値段は高いけど、マッチを作るよりは安いし、弓子さんはお客さんの作りたい形をいっしょに探してくれる人だから。

作りたい形をいっしょに探してくれる。ハルさんのその言葉が心に留まった。僕の作りたい形……？　なにかぼんやりした桐一葉のイメージみたいなものが胸の奥の方にある気がした。だけど、それがなにか自分でもはっきり見えない。

それをいっしょに探してくれる人がいるなら……。

——その弓子さんて方、どんな人なんですか？

——前にうちの営業所でパートをしてた人なの。まあくんよりちょっと下くらいかな。亡くなったお祖父さまがこの街で印刷所をしてた人でね。今年この街に帰ってきて、残っていた印刷機をまた動かしはじめたのよ。

しばらくは川越運送店でパートをしながらときどき印刷を請け負っていたが、だんだん印刷の依頼が増え、いまは印刷の仕事だけで生活しているらしい。なんとなく親近感がわいた。亡くなったお祖父さんの道具を受け継いだ、というところが僕と似ている気がしたのだ。

もしかしたら。その弓子さんという人の仕事がうまく回り出したのは、ハルさんのせいなのかもしれない。なにしろハルさんは街の情報通で、相談役だ。そのうえ、変な営業力がある。現に僕だって、こうして三日月堂に向かっている。

うまくのせられてしまったのかな。ハルさんの手書きの地図を見ながら苦笑した。だけど、ハルさんは嘘をつかない。ハルさんが「これ、まあくんに向いてるんじゃないかな」と言ったものはたいていあたりだった。そのときは「なぜ？」、と思ったものも、振り返るとそのときの僕に必要だったとわかる。そういう人なのだ。だから、ハルさんが三日月堂を薦めるなら、そこに僕の求めているものがあるのかもしれない。

鴉山稲荷神社という小さな神社の前で立ち止まる。地図によると三日月堂はこのはす向かいにあるはずだった。たしかに、昭和期の町工場のような古い四角い建物がある。コンクリートで真四角、白の外壁、小さな町工場という感じの、実用本位で素っ気ない建物だ。

だが、看板は格好良かった。明朝体の切り文字で「三日月堂」と書かれ、三日月にカラスがとまったマークが添えられていた。入り口は古いサッシのガラス戸だが、なかにカーテンがかかっているので、のぞいてもなにも見えない。

インタフォンはなく、あるのはブザーだけ。「御用の方は押してください」と書かれている。町の印刷屋さんというから、もっとオープンなところだと思っていた。入り口はつねに開いていて、受付があって、みたいな。でもよく考えたら個人営業なんだから、こんなものなのかもしれない。少し緊張しながらブザーを押す。返事はない。ほんとにやってるんだろうか、と不安になりながら待っていると、なかでがたがた音がして、ドアが少しあいた。ほっそりした女性が立っている。

「あの、昼間電話した岡野という者ですが」

「ああ、ハルさんから紹介された、っていう……」

「ええと、じゃあ、あなたが弓子さんですか」

「そうです」

彼女はにこっと笑い、ドアを大きく開けた。

「うわあっ」

思わず声をあげた。

活字でできた壁……。いや、実際には、四方の壁がすべて天井まで棚で覆われ、そこにぎっしり活字が詰まっているのだが、活字を積み上げて作った壁みたいに見えた。そして、なんとも古めかしい、大きな歯車のついた機械。

「すごい量ですね」

活字の数に呆然とした。前にいた会社でＤＴＰの真似事をさせられたことがある。パソコンのソフトで文字を組み、形を整える。すべてパソコンのなかの作業だ。でも、そうか。むかしの活字は物質だったんだ。物質を人の手で拾い、並べ、印刷する……。

「こんなにたくさんあるなかから活字を拾って組むなんて、大変じゃないですか？」

「そうですね。最初は大変でした。でも、慣れますよ」

「あの、失礼ですけど、この仕事、何年くらい……」

「店を再開したのは半年前ですけど、むかしから店を手伝ってたんですよ。高校生のころから活字を拾ってました」

弓子さんは活字の棚を眺めながら、低い声で言った。

高校生のときから活字を拾ってた……。弓子さんをまじまじと見る。まっすぐな髪をうしろでひとつに結び、服はTシャツとジーンズで化粧っ気もない。ここに住んでいるっていう話だったし……。町工場のような室内を見回す。なんだか不思議な人だ。

ひんやりした空気が流れ、独特の匂いがした。墨とも絵の具とも違う……これは、新聞の匂いだ。

「インクの匂い……ですか」

「インキです。インクじゃなくて、印刷業界では、インキ、っていうんですよ」

弓子さんが笑った。

インキ……。なんとなくなつかしい響きを舌の上で転がす。

「これはなんですか？」

弓子さんの隣にある丸い大きな盤のついた機械を指して訊いた。

「印刷機です。手刷の機械なんです。手キンと言われるもので、名刺やハガキのようなものはこれで刷れます。版をここにセットして、向かいに紙を置いて、このレバーでがしゃっとくっつけて印刷する……」

「へええ」

機械に顔を近づけ、じっと見た。黒い金属が鈍く光っている。いつ作られたものなんだろう。僕が生まれるより前？　もしかしたら、僕の両親が生まれる前かもしれない。

「ええと、作るのはショップカードでしたよね？」

弓子さんの声がした。

「そうなんです。実はこれまではこういう紙マッチを使ってまして……」

持ってきた紙マッチをカバンから出し、テーブルに置いた。

「かわいいですね」

弓子さんはマッチを手に取り、表と裏を眺める。表には桐の葉のイラスト、裏には店名、住所、電話番号、サイトアドレスが書かれている。

「ハルさんから話を聞いて、お店のサイトを少し見てみました」

弓子さんが言った。へえ、と思った。パソコンだのスマホだのは見ないのかと思っていたが、そういうわけでもないらしい。

「いや、僕が作ったものですから、たいしたものでは……」

簡易にサイトを作れるサービスを利用したもので、基本的な情報しか載せていない。ブログも作ってはみたが、書くことも思いつかず、あまり更新していない。

「いえいえ、見やすくて、きれいでしたよ。写真も素敵でした」

写真もスマホで撮っただけのものだが、最近のスマホはカメラの性能もよく、わりとよく撮れていると自分でも思っていた。

「この紙マッチのデザインも素敵ですよね。紙マッチというのがめずらしいし、デザインもお店の雰囲気によく合っている気がします」

弓子さんがテーブルに紙マッチを置く。

「はい、僕もそう思ってます。桐の葉のワンポイントは店の看板になっているのと同じもので、店をはじめるとき、伯父が友人の美術教師に頼んで描いてもらったものなんだそうです。でも、最近紙マッチを使う人が減って……そろそろ在庫が切れそうだし、それならここでいっそカードに変えようかな、と思いまして。それに店の雰囲気を少し変えたくて……」

いや、変わらなくてもいいのだ。ただちょっとだけ、自分らしさがほしい。

「そうですね。素敵なお店ですけど、素敵であり続けるには、ちょっとずつ更新しなくちゃいけないのかもしれませんね」

弓子さんの言葉にはっとした。いままでのものを崩すのには勇気がいる。でも、世の中もお客さまも少しずつ変わっていくのだから、ずっと動かずにいるのではいけないのかもしれない。失敗してもいいから、とにかくショップカードを作ってみよう、と気持ちが固まった。

「じゃあ、どうしましょう？　なにかご希望はありますか？」

「それが……まったくイメージがなくて……」

僕は苦笑いした。

「そうですよね」

弓子さんがにこっと微笑んだ。

「活版印刷もけっこういろいろできるんですよ。単色だけじゃなくて、多色刷りもできますし。ふつうのカラー印刷とは別の味わいがあります」

弓子さんが棚から大きな箱を出す。あけると、印刷物がぎっしりはいっていた。

「ふつうは名刺サイズで作ることが多いですけど、別の形にすることもできます。真四角とか丸とか。二つ折り、三つ折りにする方法もある」

弓子さんは箱のなかからカードをいくつか出し、テーブルに並べた。

「これ、すべてここで刷ったものなんですか？」

「いえ、このへんはそうですけど……そうじゃないのもあります。参考にと思って、あちこちから集めてきたんです」

一枚一枚手にとって見る。たしかにかなりバリエーションがある。そもそも、いざ刷るとなると、紙を縦に使うか横に使うか、文字を縦書きにするか横書きにするか、文字の大きさはどのくらいか、どの位置に配置するか、紙の色はどうするか、何色で刷るのか……などなど、すべて決めていかなければならないのだ。名刺サイズの紙がだだっぴろく思えてくる。

「なにをどうしたらいいのか、見当もつかない」

困り果てて、正直に言った。

「皆さん、最初はそうですよ。でも、言葉にできなくても、なにかしらイメージはあると思うんです。たとえば、『これがいい』というのは言えなくても、『これはちょっと違う』っていうのはあるでしょう？　このカードのなかにも」

弓子さんに言われ、テーブルに広がったカードを見直した。

「そうですね、たしかに。このへんはちょっと違う気がします」

僕は数枚のカードを選び出し、弓子さんに渡した。色紙を使ったもの、文字がぎゅうぎゅうなもの、ごてごてしているもの、かわいすぎるもの、ポップな感じ、逆にあまりに古すぎる感じ。厚い紙にぎゅっと押して文字が凹みすぎているものも、なんとなくやりすぎな気がしてはじいた。

「なるほど。残っているものを見ると、なんとなく岡野さんの持っているイメージがわかります。紙の色はモノトーン。インキの色も比較的ベーシックなもの。文字はシンプルな明朝体で、あまり凹ませない、といったところでしょうか」

その通りだ。残ったカードを見て、僕はうなずいた。

「たしかに、お店の雰囲気を考えると、かわいすぎるものやごてごてしたものは合いませんよね。イラストや写真は使わず、文字が主体で、適度な余白がある。でも、ちょっとほかと違う。たとえば、文字と余白のバランスが少しだけ変わっているものとか……」

「そうです。シンプルで、それでいてちょっと個性がある感じ」

「わかります。活版印刷は文字に存在感があるので、基本的にそういうデザインの方が相性がいいです。でも」

弓子さんが顔をあげた。

「品はありますが、ちょっと地味になってしまうかもしれません」

弓子さんの声は低い。くぐもるようで、話し方も淡々としている。愛想笑いもしない。といって、冷たいわけでもなく、笑ったときなどは愛嬌がある。素朴で、媚がないというか。でも、こういう感じ、知ってる……？　前に、どこかで……。

「無難にまとまっている、という印象になってしまうかも、ということです。だれからも嫌悪感を持たれない。でも、記憶に残りにくい」

ぎくっとした。自分のことを言われたような気がしたのだ。会社でも似たようなことを言われたことがあった。岡野くんはなんでも卒なくこなすけど、アクがない。岡野くんでなければ、と思わせるものがない、と。

「なるほど。でも、だとしたら、どうしたらいいのか……」

なにも思いつかず、困り果てた。

「お話とサイトの写真とマッチだけでわかるのはこのくらいです。今度お店に行ってみてもかまわないでしょうか？　営業時間内がいいです」

　弓子さんが言った。

「でも、お客さまがいる時間は、あまりお話できないかも……」

「かまいません。お客さまがいる状態で見てみたいんです」

　ショップカードを作るだけなのに、ずいぶん念入りなんだな。まあ、歩いて来られる距離だから、っていうのもあるだろうけど。

「いいんですか？　そこまでしてもらうのは申し訳ないような……」

「大丈夫ですよ。お客さまにとって納得のいくものを作りたいですし。もちろん出張料とかはいただきませんからご安心ください。ハルさんのところに行く用事もありますし、明日の午後遅い時間でどうですか？」

「いいですよ」

　僕はうなずいた。

3

弓子さんは次の日の六時すぎにやってきた。注文を取りに行くと、しばらくお店の様子を見たい、と言うので、僕もいつも通りお店の業務をこなしていた。

外は雨が降っていた。しだいに激しい降りになり、雨が窓ガラスを叩きつける音が聞こえた。弓子さんは窓際の席に座って、珈琲を飲みながら外を眺めたり、店内のほかのお客さんの様子を眺めたりしている。居場所のない表情で、昨日三日月堂で会ったときより頼りなげに見えた。

雨が小降りになり、お客さんは少しずつ減っていった。みんな家に帰ったり、食事に行ったりするのだろう。この時間になるといつも店は空いてくる。いまは、弓子さんのほかはひとりだけ。伯父のころからの常連で、いつも帽子をかぶった年配の男性だ。弓子さんから少し離れた窓際の席に座っている。

——出版関係の人みたいだねえ。むかしはよく原稿の束を持ってきて、ここで赤字を入れてたっけ。

伯父はそう言っていた。いまは引退したんだろう。原稿の束はない。ひとりでやってきて、珈琲を飲み、数十分ここで過ごす。本を読んでいたり、ただ窓の外を眺めていたり。ときどき読んでいる本のタイトルが見え、どんな人なのかちょっと気になってはいるのだが、僕はまだ話したことがない。

帽子の人が席を立って会計に来て、客は弓子さんひとりになった。

「いい店ですね」

弓子さんの声がした。

「静かで落ち着いてて……」

「そうでしょうか」

僕は少し照れくさくなり、わざとほかのことをしながら答えた。

「お客さまもみんなくつろいでいる様子でした。こういう場所ってなかなか作れないですよね」

弓子さんが微笑む。

「この雰囲気を作り上げたのは伯父ですから」

僕は答えた。伯父はいつも言っていた。お客様に干渉してはいけない。それぞれ自分たちの時間を楽しみに来ているのだから。でも、なにかしてほしいと思っているお客様を待たせてもいけない。むやみに話しかけず、でも、つねに様子を見て、

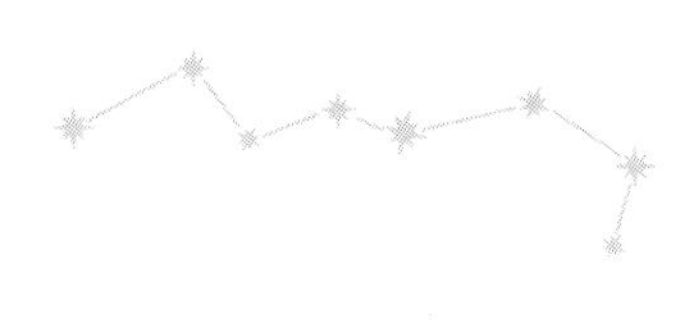

気配を読まなければならない、と。

子どものころからよくここにいて、この雰囲気をあたりまえだと思っていたから、大人になってほかの喫茶店に行くようになって、伯父の店のよさをはじめて知った。店主がやたらと客に話しかける店もある。客の気配を読まない店もある。もちろん店の人との会話を好む客もいる。だが、僕は桐一葉の雰囲気が好きだった。だから伯父のやり方をできるだけ真似るように心がけてきた。

「岡野さんはこのお店が好きなんですね。伯父さんのことも」

「そうですね」

うなずいた。この人は物静かで、なにを考えているか読みにくいけれど、見るところはちゃんと見ている。

「だけど、ときどきさびしくなるときもあります。僕は伯父の代わりにすぎないんじゃないか、って」

僕の言葉に、弓子さんはきょとんとした顔になった。

「そんなことは、ないんじゃないですか?」

静かに言って、息をつく。

「だれも、だれかの代わりになんて、なれませんよ」

ふっと表情が翳る。代わりになれない……。その言葉がひらりと心に落ちてきた。

ああ、そうか。原田に似てるんだ。そのとき気づいた。大学時代につきあっていた女の子。顔が似てるわけじゃない。だけど、低くくぐもった声、ひとりで窓の外を眺めているときの表情、愛想笑いをしないところ、不必要に人と調子を合わせないところ……。ちょっと似てる気がする。胸がちくっと痛んだ。

「どうかしましたか?」

弓子さんが言った。

「いえ、なんでも……。そういえば、三日月堂も、もともと亡くなったお祖父さんの印刷所だったんですよね? ハルさんから聞きました」

「そうなんです。町の印刷屋さんです。年賀状とか名刺とか、お店の広告とか。三十年くらい前まではそれなりに繁盛してたみたいです。だんだん写植やオフセットが主流になりましたが、祖父は昔気質で、あたらしいものを導入する気になれなかったみたいで。なんとか細々と営業してたんですが、祖父が他界して、その後はずっと空き家になってました」

「弓子さんは?」

「わたしは去年までは別の場所に住んでたんです。いろいろあって、あの家に住む

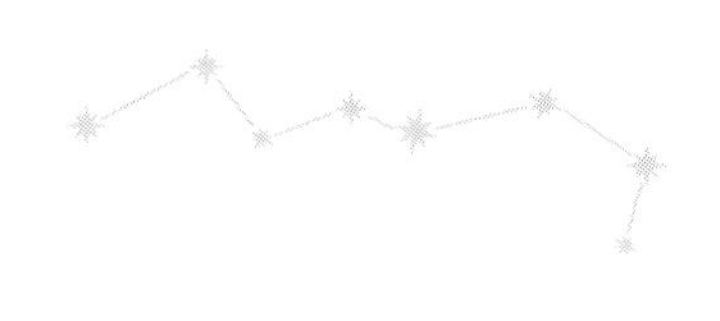

ことに……」

いろいろってなんなんだろう？　少し気になった。僕と同じように仕事でつまずいたとか？　気になったが、訊くわけにもいかない。ハルさんならなにか知っているだろうか。

「ところで、このお店の名前なんですが」

弓子さんがそう言って、窓の外を見回す。

「店の周りに桐の木なんてなかったですよね？　『桐一葉』ってなにかから取ったものなんでしょうか。どこかで聞いたことがあるような気がするんですけど……」

「俳句ですよ。高浜虚子の。『桐一葉日当りながら落ちにけり』っていう」

手元の紙に句を書きつけ、差し出す。

「ああ、国語で習ったような……」

弓子さんはじっと句を見つめた。

「有名な句ですから、中学か高校で習う人も多いと思います」

「俳句、詳しいんですか？」

「少しですが。実は、伯父が俳句好きで……。結社にはいって、熱心に作ってました。っていっても、句集をまとめるようなところまではいかなかったんですが。伯父はこの句が好きだったんですよ、それで……」

「なるほど、そうだったんですか。美しい句ですね。わたしはあまり俳句のことを知りませんが、桐の大きな葉がゆっくりと落ちてくるのが目に見えるようで……」

弓子さんが目を閉じる。感じ方は的を射ている。言葉に鋭い人なのだろう。

「『日を浴びる』という描写がはいることで、葉が落ちていく時間が引き伸ばされる。一瞬が永遠になるようでしょう？　なんということもない風景のように見えて、おそろしいほどの描写力を感じます。写生に徹した句ですね」

僕は答えた。この句は僕にとっても特別な句だ。

「岡野さんも俳句にくわしいんですね。俳句を作ったこと、あるんですか」

弓子さんの言葉にどきんとした。不意打ちだ。自分の弱い部分に突然矢が当たったような気がした。俳句。ずっと遠ざかっていた。もうすっかり忘れたつもりでいた。弓子さんの顔を見る。

「ええ。むかし少しだけ。最初は伯父に習ったんです。子どものころ、よくここに預けられてたんですよ。それで、お客さんがいない時間、伯父が教えてくれた。僕はなんだかすっかりはまって、家でもよく俳句を作って、持ってきていた。変な子どもですよね」

僕は笑った。伯父がやたらと褒めてくれたこともあったかもしれない。句会に連れていってくれたこともあった。年配の人ばかりのその会で、小学生だった僕は大人たちに神童ともてはやされた。あのころはなんでも句になった。

「いまは作らないんですか？」

「ええ。大学時代ですっぱりやめました」

「なぜ？」

「なぜでしょうね。自分でもはっきりわかりません。大学で俳句サークルにもはいっていたんです。子どものころからやっていたから、はじめはまわりから『うまい』と言われた。だけど、あるときから作れなくなったんです。ほかの人は上達していくのに、自分はもうここまでかと思って」

「でも、やめるの、さびしくなかったんですか？」

「中途半端に続けるのがいやだった。俳句に対して失礼な気がしたのもあります。就職して時間もなくなったし、潔くやめよう、と。以来、俳句について人と話したことはありませんでした」

俳句は人と競うものではない。仕事にできるものでもない。あくまでも自分の生活のなかで、自分の生を刻んでいくものだ。伯父にはそう言われた。でも、どうしても続けることができなかった。納得のいく句ができなくなったから。半分はほんとうだ。でも……。

弓子さんの顔に原田の顔が重なって、思わず目を閉じた。原田と別れたときに決めたんだ。もう俳句はやめる、と。だが。伯父が亡くなってから、この店にひとりでいると、なぜか俳句のことを思い出す。子どものころここで作った句の断片が浮かんでは消える。

「岡野さん、ちょっと思ったんですが」

しばらくなにか考え込んでいた弓子さんが口を開いた。

「紙マッチも桐の葉のデザインでしたよね。わたし、桐の葉はこの店の象徴だと思うんです。さっきおっしゃっていた、一瞬が永遠になるような感覚。ふだんと違う時間が流れる感覚。この店の空間はそれを目指しているではないか、と」

弓子さんの言葉にはっとする。そんなこと、考えたこともなかった。だけど、そうかもしれない。珈琲を淹れる伯父の横顔を思い出した。

「だから、ショップカードに変えても、紙マッチの桐の葉のデザインは生かした方がいいと思うんです。でも、そのままではつまらないですよね」

弓子さんはクロッキー帳を出し、ページをめくった。

「マッチケースの桐の葉のデザインを大きく拡大してみるのはどうでしょう？　こんなふうに……」

弓子さんは説明しながらクロッキー帳にスケッチを描く。大きく拡大された葉が、カードの右上を覆い、断ち切られるような形になっている。

「こうすると、ずいぶんイメージが変わりますね。葉の大きさが際立って、落ちてくる葉を見上げているみたいな感じになる」

句のイメージにも近づく気がした。落ちてくる葉を下から眺めているような……。揺れたり、裏返ったりしながら落ちてくる葉の影が頭に浮かんだ。

「それで、店名や情報を左下に置く」

弓子さんがスケッチに文字を入れた。

「でも、これだけじゃまだ物足りないですよね。葉の色と文字の色を変えるとか……」

弓子さんが首をひねる。僕の頭のなかで、桐の葉がくるくるひるがえり続けていた。日を浴びて、地上にいる人の目には、葉がシルエットのように真っ黒になる。そんなイメージ。だから葉の色は黒くしたい。

「あの……透ける紙ってありますよね？　あれって印刷に使えないんですか？」

「トレーシングペーパーですか？　ええ、使えますよ」

「透ける紙に黒い葉が印刷されてたらきれいかな、と思って……」

僕は思いついて言った。

「トレーシングペーパーか……。使ったことないですけど、面白そうですね」

弓子さんがつぶやく。悪くない、という表情に見えた。

「じゃあ、いっそ、葉は裏面に印刷するというのはどうでしょう？」

弓子さんが言った。

「裏面に？」

「はい。トレーシングペーパーは半透明ですから、すりガラスの向こうに葉の影があるような効果が出せるかもしれません」

「なるほど……」

「店名や情報は表面に印刷して、裏面に黒で葉を印刷する。表からはうっすらと葉が見えて、ひっくり返すと真っ黒い葉が見える感じです」

「いいですね、それ。とても面白い。それにしましょう」

よいものができそうな気がする。期待がふくらんだ。

「紙はどうしましょう？　透ける紙にも厚みや種類がいろいろあって、ただの半透

明なものもあれば、地紋がはいっているものもあります」

「なんとなく、地紋はない方がすっきりするような……」

「わたしもそう思います」

「どんなものができるのか、楽しみになってきました」

僕の作りたい形をいっしょに探してくれる……ハルさんの言っていた通りだ。

「わたしもいつもは文字ばかりで、こんなふうに大きく図版がはいったデザインは実ははじめてなんです。だから少しどきどきしますが、常に新しいことにチャレンジしていかなくちゃと思って……。手探りですけど、よろしくお願いします」

――素敵であり続けるには、ちょっとずつ更新しなくちゃいけない……。この前の弓子さんの言葉を思い出した。

「マッチケースの桐の葉はどうやって……？」

「スキャンしてパソコンで加工します。それで凸版を作って……」

「凸版？」

「大きなハンコみたいなものです。活字と同じように扱えます。パソコンのデータから作ってくれる業者さんがあるんですよ」

「そうなんですか」

「文字も同じように凸版で作ることもできますよ。パソコン上で作れるので、活字をひとつひとつ並べるより自由にデザインできます。活版より制作費が安くすむ、という利点もあります」

「なるほど……。でも、どう違うのか、いまひとつよくわからないですね」

「そうですよね。昨日お見せしたサンプルのなかにも、凸版のものと活字のもの、両方あったんですが、今日は持ってきてませんし……」

「じゃあ、またそちらに行ってもいいですか？　実は、もっとじっくり印刷所を見てみたいんです。活版印刷ってどんなものなのか、ってあらためて興味が……」

「もちろん、いいですよ。明日はどうですか？」

「閉店後でよければ……」

「では、それまでに案をもう少し詰めておきます」

弓子さんは、しんとした口調で言った。

4

次の日、店を閉めてから三日月堂に行った。

「文字の配置の雰囲気を見るためにパソコンで組んだもので、活字の書体とは違うんですが……どうでしょう？」

弓子さんがデザイン案と見積もりを出してきた。

見積もりには、活版と凸版、両方が記されている。昨日言っていた通り活版の組版代は、凸版の版の制作費より少し高い。いずれにしても、たしかにふつうの印刷所のカードよりは高いが、非現実的な額ではなかった。

いまは名刺なんていくらでも安く作れる。でも、いっそ贅沢に作ってもいいんじゃないか、と思った。うちの珈琲だってそうだ。街中にはいくらでももっと安いコーヒーショップがある。伯父の淹れた珈琲は、その三倍の値段だ。でも、おいしい。だからわざわざ来てくれる人がいる。

「いいと思います。このデザインで進めてください」

深呼吸して言った。

「よかったです。文字は活字にしますか、凸版にしますか」

弓子さんがテーブルに何枚かカードを並べた。

「うちで作った名刺です。こちらは活版で、こちらは凸版です」

「なるほど……」

ぱっと見た目はあまり変わらないように見えた。だが、たしかによく見ると、少し印象が違った。文字の形も、文字や行の間隔も、凸版のものはパソコンのデータを使っているからだろう、既視感がある。対して、活字の方は見慣れたものとはなんとなく違う（どこがどうとは言えないが）気がした。

「これはむずかしいですね。なんとなく活版の方に惹かれるんですが、ただ、それはふたつ並べて見ているからかもしれない。どちらか一方しかなかったら……」

うーん、とうなった。

「なかなか決められませんよね」

弓子さんが微笑む。

「そうですね……」

僕も苦笑いした。

「そうだ、これは依頼とは別なのですが、ちょっと組んでみたものがあって……。いま、版が機械にセットされてますから、刷るところを見てみませんか？」

「え？　ええ……」

僕がうなずくと、弓子さんが少し含み笑いをした。以前手キンと教えてもらった丸い機械の側に立つ。ぷんとインキの匂いがした。

「これが版です」

弓子さんは機械の下の方の垂直になった部分を指した。たしかに活字が並んでセットされていた。でも、一行だけだ。

「これって……もしかして俳句？」

目を凝らした。文字が小さいうえに左右反転しているので、ほんの数文字しかないのになにが書かれているのか、すぐに読めなかった。

「じゃあ、刷りますね」

弓子さんが機械のうえについている円盤にインキを少し出した。レバーを動かすとインキがくるっとのびて広がった。

活字の向かい側の壁に小さな正方形の紙をセットし、大きなレバーをさげる。ハンコが押されるように、活字が紙にくっつき、離れると文字が印刷されていた。

桐一葉日当りながら落ちにけり

息を飲んだ。

「これは……」

「コースターです。俳句のお話が面白かったので、遊びで作ってみました」

弓子さんが機械から四角い紙をはずし差し出した。ふんわりした手触りの紙の右端に、縦書きで桐一葉の句が印刷されている。印刷されているのはそれだけ。あとは真っ白。

くっきりした文字だった。句の活字から声が響いてきそうで、心が震えた。

字が「張りついている」感じだが、これは凹んでいるわけではないのに「刻まれている」。文字ひとつひとつが息づいているみたいに見える。

「きれいですね」

ようやくそう言った。

「昨日、あのお店にいて思ったんです。ひとりでいらしてる方が多いな、って。複数で来ている方も大勢ではなく、せいぜいふたりか三人。それぞれ本を読んでいたり、しずかに会話したり。おたがいに沈黙していてもよい間柄の方たちなんでしょう。がやがやおしゃべりする店じゃないんですよね」

「たしかに。そうですね」

「喫茶店によくあるＢＧＭもない。聞こえるのは時計の音だけ。もちろんいまのままでも素敵ですが、そういう方たちに、小さくても世界がふわっと広がるようなものをお渡しできたらいいんじゃないか、って思ったんです」

「世界が広がる……？」

「この句、ほんとうにすごいですよね。だけど、そのすごさを受け止められるかどうかって、読んだときの環境にもよると思うんです。わたしが受け止められたのは、あの店で読んだからじゃないか、って」

弓子さんは淡々と、でも熱っぽくしゃべった。

「それに、たくさん並んだなかの一句だったら、そんなに感じ取れなかったかもしれない。だから、一句だけで印刷してみたかった」

僕はコースターを持ち上げ、前にかざした。

「少しわかります。このコースターが小さな窓になって、俳句の世界が垣間見える。そんな感じでしょうか？」

「そうです」

弓子さんが大きくうなずく。

その瞬間、なんとなく、これが自分の求めていたものだ、と感じた。

「あの……。僕も刷ってみていいですか？」

手キンという機械を見ながら訊いた。

「ええ。もちろん」

弓子さんがレバーを指す。

「どうぞ」

レバーを握る。ひんやりした金属の感触が手のひらに吸い付いてきた。

「これを下におろせばいいんですよね？」

「そうです」

少し下に引く。重い。

「どれくらい力を入れればいいんですか？」

「ぎゅっとさげて大丈夫です」

「これくらいですか？」

なんとなく加減しながらレバーをさげる。

「もうちょっと」

弓子さんに言われ、さらに力を入れた。

「そんな感じで大丈夫です」

レバーをもとに戻した。紙にくっきり文字が刻まれている。あたりまえなのに、なぜか感動してしまった。弓子さんがコースターを取り上げ、差し出す。

「これはどうぞお持ちください。インキが完全に乾くまで半日くらいかかります。それまではさわらない方がいいですよ」

雪のように白く、ふわっとした紙。黒い文字の並びに静けさを感じた。

「不思議だなあ。活字を見たときは小さくてなにが書いてあるかよくわからなかったのに、こうして見るとすぐにわかる」

「活字は反転してますし、出っ張っているだけで、黒地に黒ですからね。印刷すると白地に黒になって、はっきり見える」

もう一度並んだ活字を見る。活字の文字の形の出っ張り。それが紙に押されることであとがつく。ハンコと同じだ。

本もむかしはこうやって印刷されてたのか。たぶん、虚子の句も。最初に刷られたときはこんな感じだったんだ。少し不思議な気持ちになる。

「ショップカードとは別に、このコースターも注文できますでしょうか」

僕が言うと、弓子さんは少し驚いたような顔をした。

「ええ、大丈夫ですが……」

「はい。これが僕の求めていたものだ、と感じました」

「ほんとうに？　でももしそうだとしたら、とてもうれしいです」

弓子さんはほどけるように笑った。

「ハガキや名刺もいいけれど、文芸作品の言葉には強い力が宿ってますよね。活版はどうしても制作費が高くなる。だから、なかなか本を作ろうという人はいません。でも、やっぱりいい。活字たちがすごく……緊張しているみたいに見える」

名刺やショップカード、ハガキ。どれもおもに記されているのは情報だ。物語や、詩や歌のようなものとは違う。

「僕もこの文字を見たとき、びくっとしました。句の世界がくっきりと浮き上がってくるようで……。お客さまに出してみたいと思ったんです。気づかない人もいるでしょう。でも、なんだろう、と思う人もいるかもしれない。じっくり読んで、この世界を受け止める人も。そうなったらいいな、って」

「岡野さんは俳句がお好きなんですね」

弓子さんの言葉にどきっとした。俳句が好き。そうなんだろうか。僕のは俳句も店も所詮すべて伯父からの借り物。ずっとそんな気がしていたけれど。

「ショップカードとコースター、両方お願いします。紙も書体もインキの色もすべてこのままで……。文字も、やっぱり活字でお願いします。活字をひとつずつ並べたこの感じが……すごくいい」

僕は刷ったばかりのコースターを見ながら言った。活字は三日月堂にあるもので組むからすぐできるが、桐の葉の凸版は業者に発注するので一週間くらいかかるらしい。試し刷りができたら連絡します、と言われ、三日月堂をあとにした。

5

家に帰ると、僕は自分で刷ったコースターをテーブルに出した。静かにどきどきした。グラスを出し、氷と水を入れ、コースターのうえにおいた。

いい。とてもいい。お客さんがこれに気づいてくれたら……。そしてこれを味わってくれたら。読むのはほんの短い一瞬でも、永遠に似た感覚を味わえる。それが俳句のすごいところだ。

もう一度コースターを見る。そういえば、この句、原田も好きだって言ってたな。好き、じゃない、怖い、だったか。

——怖いですよね、この句。

原田はそう言っていた。そんなことを言う原田が、僕は怖かった。

大学のひとつ後輩で、盛岡から出てきた子だった。いつもカジュアルなパンツスタイルで、化粧っ気もなかった。素朴で、ぼんやりした子なのかと思ったし、入部してすぐのころは、正直どんな句を作っていたのか、さっぱり思い出せない。

僕の大学の俳句部は歴史もあり、先輩たちも上手な人が多かったから、僕もはじめは臆した。子どものころからやっていたから一年のなかではうまい方にはいっていたが、所詮子どもの句だ、と思い知らされた。まわりからの刺激で句風がどんどん変わった。伯父にも、最近はずいぶん上達したな、もうわたしはかなわない、などと言われた。僕自身、目がどんどん開かれ、感覚が研ぎ澄まされていくようで、句会ではもっともっとと貪欲になった。

原田のことを意識しはじめたのは、夏休みだっただろうか。写生句も増え、少しずつ鋭さが出てきた。なにより、句会で点がはいらなくても、引き下がらず、何句でも出してくる。ぶつかったら死ぬと知っていてもまっすぐにぶつからずにはいられない、挑むような目をしていた。いつのまにか、そんな原田に惹かれていた。

——怖いですよね、この句。

原田の声がよみがえる。夏休みの終わりころの吟行だっただろうか、たまたま原田とふたりで話していて、虚子の桐一葉の話になった。

——怖い？

——大きな葉っぱがうわあああっと落ちてくる感じ。桐の葉って大きいでしょう? それがどんどん大きくなって、こう、人間を覆うくらい大きくなって……。

原田は歩きながらそう言った。身振り手振りをつけて一生懸命話す姿を見て、こんな小学生みたいなところがあるんだ、とおかしくなった。

——夏休み、先輩たちに言われて、虚子の句をたくさん読んだんです。もう、ほんとうにすごくて。あのなかにいると、時間がのびたり、空間が広がったり、『不思議の国のアリス』状態ですよね。

——原田さんは面白いね。

——そうですか?

原田はなんでそんなことを言われるのかわからない、という顔になった。

——どうして俳句をはじめたの?

——高校のときの国語の先生が、俳句好きだったんです。自分でも作ってたし、生徒にも作らせてて……。はじめたら面白くて、はまってしまったんです。句を作るのも好きだけど、人のを読むのも好きです。読んでいると、自分がその世界に溶けていく感じになる。

原田は空を見上げた。

――へえ。不思議だね。僕はそんなふうに思ったことはなかった。

――じゃあ、どう感じるんですか?

――原田さんの読み方だと、句が水のようなイメージだろ? だけど、僕の場合はそうだな、強いていえば石みたいに感じる。大きな石もあれば小石もあるよ。でもどれもさわるとこつんとした手触りがある。

――そうなんですか……。人によってずいぶん感じ方が違うんですね。

その夜の句会で原田が出した句に、僕は点を入れた。互選句会では、最初みな無記名で短冊に句を書く。筆跡から作者が特定できないよう、短冊は別の人によって清記される。それをみんなで順番に見て、点を入れる。だから句の作者はわからない。だが、句を見たとき、なぜかそれが原田の句だとわかった。

夜の風景をよんだ句だった。闇の感触がじわりと身体にしみこんでくる。ふしぎな感覚だった。これまでは句を石のように感じて、人の句のなかにはいる感覚を持ったことなどなかった。原田の言っていた、その世界に溶けていく、というのは、こういうことなのか。

そんなにたくさん点がはいったわけではないが、何人かに褒められ、原田はその言葉を必死にノートにメモしていた。

そのあと少しして、僕たちはつきあうようになった。原田は見かけより強情で、意思が強かった。それに、いつまでたっても了解できないところがあった。いっしょにいても、ぼうっと遠くを見ているように感じることが多かった。悩みを内に溜め込むタイプのようで、元気がないな、と思って理由を訊いても、なにも話してくれなかった。

いつもあまりにまっすぐなので、なにかあれば死んでしまうんじゃないか、と不安になった。死を意識しても、人はふつうそう簡単には死なない。だがときどきその柵をふっと飛び越えてしまう人がいる。原田はそういう子に思えた。

──俳句部に来る女子って、心に大きな穴が空いてる子が多いだろ。正直、俺はつきあいたくないな。つきあうのは、そういうんじゃない、ふつうの子がいい。

あるとき、俳句部の同学年の男がそんなことを言っていた。

──男の俳句は、芸、遊び、たしなみ、教養、つきあい……なんと呼んでもいいが、社会性を前提にしたものだ。女にもそういう子はいるよ。花道や茶道の感覚で俳句を勉強しに来る子。だけど、原田はちがう。俳句になにかもっと深いものを見てる。あるはずのないものを探してる。人生そのものを賭けてるんだ。ああいう子は、危険だよ。

僕とはソリが合わないが、人を見る目のある男だった。卒業すると大企業に就職し、けっこう出世していると噂で聞いた。彼みたいに考えることができたら、僕ももっと世の中とうまくやれたのかもしれない。

僕が四年の春、原田が消えた。部にも出てこなくなり、授業も休んでいると聞いた。そのまま一ヶ月以上音信不通になった。部屋にもいない。電話もメールも通じない。原田は次の句会の幹事だったから、俳句部の部員も、幹事の代理を突然押しつけられた後輩も、みんな怒っていた。

なぜ僕にも連絡してこないんだ。自分の就活が思うようにいかないこともあったのだろう、いらいらして何度もメールしたが返事はなかった。一ヶ月後、ようやく内定が取れたときも、梨の礫だった。悔しくて、バカにされたと感じた。酔っ払ったはずみで、原田の同級生とつきあいはじめた。

学期の終わり、原田が部に突然顔を出した。いろいろご迷惑をかけました、と深々と頭を下げ、退部届を出した。だが、理由はなにも言わなかった。原田に対する怒りは消えていなかったし、言いたいこともたくさんあったけれど、ほかの子とつきあいだしたうしろめたさもあって、僕は原田に声をかけなかった。

その日、最後だと言って、原田は句会に参加した。

焼骨や真白き百合の咲き誇る

清記されたなかに、その句があった。見た瞬間、ひやりとした。なぜか原田の句とわかった。胸を衝かれた。「焼骨や」。火葬の句なのか。では、もしかしたら、原田の身近な人が……？

心が揺れた。どの句より強く心に残る。だが、それは焼骨という言葉に引きずられたものかもしれない。原田かもしれない、という思いのためかもしれない。自信がない。迷った末、僕は点を入れた。

この句は予想通り原田の作だった。句意がよくわからない、という意見も出たが、原田は句の描かれた状況について説明しなかった。顧問もなぜか、この百合は季語と言えるのだろうか、と呟いたが、それにも答えなかった。そして、そのまま部を去り、大学もやめてしまった。

はずみでつきあいだした彼女とはそのあとすぐに別れた。彼女は僕が原田の句に点を入れたことに気づいて、僕をなじったのだ。原田の作と気づいて点を入れた。

あなたは最初から、わたしの句より原田の句を評価していた、最初からわたしは原田の代わりだった、と言って泣いた。僕は否定しなかった。そのとき気づいたのだ。彼女は原田よりきれいで、成績もいい。社会に出てもきっとうまくいくだろう。だが僕にとっては、原田の方が魅力的だったのだ。

だれも原田が消えた理由を知らなかった。ゼミでもどこでもそんな感じで、みんな一様に、なんでいなくなったんでしょうねえ、と首をひねっていた。僕は就職し、俳句をやめた。原田の「焼骨や」で憑き物が落ちたみたいだった。

そして、数年後。職場の同僚が原田の高校の同級生だったことを知り、彼女に聞いたのだ。高校時代、原田には好きな先輩がいたということを。物理が得意で、廊下を歩くときもぶつぶつ公式を唱えているような人だった。

「眼鏡かけて、いつもほつれたセーターを着て、女子になんかまったく興味なし。もちろん彼女の片思いで、告白もせずに終わったんだけど……二年前、その先輩、交通事故に遭って亡くなったのよ」

二年前。原田が大学から姿を消していた時期だ。

焼骨や。あれは、その人のことだったのか。

彼女もまた、原田とはずっと会っていないようで、だが、別の大学にはいりなおしたという噂を聞いた、と言った。

頭がぐるぐるした。名づけようのない感情で頭がいっぱいになった。

結局、原田はずっとその先輩のことを想っていたのかもしれない。原田は僕のことなんか最初から好きじゃなかったのかもしれない。僕もその人の代わりだったのだ。僕がはずみでつきあったあの子と同じ。バカだった、と思った。

あのころからかもしれない。自分がだれかの代わりにすぎないと感じるようになったのは。原田にとっては片思いの先輩の代わり。会社でもなんでも卒なくこなすが、僕でなければダメというものがない、と言われた。

会社の本質は、お客さんのために役立つとか、社会のためになる、ということでもないし、働いている人を育てることでもない。会社の利益をあげることだ。働いている人はみんな交換可能だ。いい大人がなんでそんなことを、と笑われそうで口にしたことはないが、あのころの僕は、そのことが日々息苦しかった。

——だれも、だれかの代わりになんて、なれませんよ。

ふいに、弓子さんの言葉が耳に響いた。

そうだよなあ。僕に伯父の代わりなんて、できるわけがない。

僕は天井をあおいだ。最初から、そんなこと、できるわけがないじゃないか。

子どものころ、よくこの店に来た。店はいつも静かだった。訪れる人たちもひっそりと珈琲を飲み、時計の音だけが聞こえていた。あの店に流れている時間。祖父は珈琲だけじゃない、あの時間をお客さんに提供していたのだ。いまの僕に、果たしてそれと同じことができているのだろうか。

グラスの下からコースターを取り出し、宙にかざす。木の葉のようにひらひら動かした。

——黒地に黒ですからね。印刷すると白地に黒になって、はっきり見える。

弓子さんはそう言った。不思議なことだ。そこに形が存在しているのに、よく見えない。でも、白い紙に押されることで文字が浮かび上がる。「あと」になってはじめてわかる。俳句も「あと」みたいなものだ。人のなかに思いがあって、でもその人の姿を見ていても思いは見えない。句の形、言葉の形になって、はじめて浮き上がる。思いの強さが輪郭みたいに。そして、いつまでも残る。

原田のこともそうだ。原田がなにを考えているのか、ずっとわからずにいた。いつまでもわからない。でも、あの句はいまも心にある。はっきりと覚えている。

焼骨や真白き百合の咲き誇る

コースターの左端に書いてみる。その文字を見たとたん、はっとした。

もしかして、真白き百合とは骨のことだろうか。

伯父の葬儀のときの記憶がよみがえってくる。生涯独身だった伯父の葬儀の喪主は僕の父だった。火葬が終わったと知らせが来て、控え室にいた父と僕は火葬炉に向かった。

炉の扉が開いたとき、僕は啞然とした。花が咲き乱れているように見えた。白い砂のなかにいくつも白い大輪の花が咲いている。驚くほど静かで明るい光景だった。どうしてこんなところに花が咲いているんだろう。伯父が死んだこともなにもかも忘れて、その美しさに見とれた。

次の瞬間、それが骨だと気づいた。ごつごつした骨が積み重なって、花の束のように見えたのだ。

身体からなにかが抜け落ちていった。涙は出ない。ひとりの人間の肉体が完全にこの世から消えた。そのことだけ感じていた。店で珈琲を淹れていた手も、泡を見つめていた目も、もうどこにもない。全部あの花になってしまったのだ。

真白き百合。

原田もまた、あの白い花を見たのだろうか。

この句の意味がはじめてきちんとわかった気がした。百合が骨だとすれば、それは比喩であって、実際の花ではない。あのときはわからなかったが、顧問が「これは季語と言えるか」と言ったのは、そのためだったのだ。

――川べりっていいですよね。

耳奥に原田の声が響く。

ふたりで夕暮れの川べりを歩いていたときのことだ。荒れた川原に百合が群生していた。小石ばかりの川原の、そこだけ白い花が咲きみだれて、この世ではないような風景が広がっていた。

そのとき、となりを歩いていた原田が、急に走り出した。

――子どもだなあ。

僕は笑った。

――川べりっていいですよね。わたし、好きなんです。むかしを思い出すっていうか……。

遠くから原田が言った。わーっと叫んで、ふたたび走り出す。僕もあとを追った。川の近くまで行き、並んで対岸を見る。

いつもとちがう顔だと思った記憶がある。どこか遠くを見てるようだ、と。だけど、いま思い出そうとしても思い出せない。あのだだっ広い川原の景色しか頭に浮かばない。

あのとき原田はなにを見ていたのか。むかしとはいつのことだったのか。高校時代か。それとももっと子どものころか。原田のなかに詰まっていた時間のほとんどを、僕は知らない。

火葬のあと炉に行くのは、ほんとうの身内だけ。その先輩の葬儀で原田が炉まで行ったとは思えない。だけど、あの花はそこに行った者しか見ることがない。もっと近しい人が亡くなったのか。そのとき見た花を、先輩の葬儀で思い出したのか。

原田は僕になにも言わず姿を消した。僕のことを考える余裕がないくらい切羽詰まっていたのかもしれない。僕のことなんてどうでもよかったのかもしれない。あるいは、僕と向きあうことから逃げたのかもしれない。

僕は原田を問い詰めなかった。原田がなにも言わずに姿を消したことに腹を立てていたということもある。でも、たぶん、怖かったのだ。原田の気持ちを知ることが。いや、訊いても教えてもらえないかもしれない、ということが。

死んだ先輩の話を聞いたときも、原田が自分をどう思っていたかについてしか考えなかった。人の死のことも、原田の辛さのことも考えなかった。考えたくもなかった。原田が僕にわからないものを背負っていることが怖かった。気位ばかり高くて、大事なことをなにも知らない、バカだった。

死んだ先輩の代わり。

伯父の代わり。

そんなの、なれるわけがない。「だれでもない自分になりたい」というのが、子どもじみた愚かな望みだということは知っていた。でも、ほかのだれかの代わりになれると思うのだって、同じくらい傲慢なことだ。

あれきり、原田には会っていない。もう一度会ったら……あやまるべきだろうか。いや、あやまるのとは違うか。だけど、話してみたい気はする。せめて、いまも俳句を作っているのか知りたい。

僕は俳句をやめた。中途半端になるのが嫌だ、と思い込もうとしていたけれど、逃げただけかもしれない。

僕はほんとうに……。

桐一葉日当りながら落ちにけり

コースターの文字がにじむ。店のなかの風景がにじむ。

ダメなやつだ。だけど、そう言ってしまうのも、逃げてるだけだ。

――こうやってなあ、空を見るんだ。木や草を見て、風を感じて、鳥や虫の声を聞く。自分のことを考えるんじゃなくて、この世界を感じるんだ。

俳句を教えてくれたときの伯父の声を思い出した。

俳句、また作ってみようか。

原田がどこかで元気にしていることを祈って、そっとコースターの文字を撫でた。

6

一週間後、弓子さんがやってきた。試し刷りができたので確認してほしい、と言う。布のトートバッグから小さな包みを取り出し、テーブルに置く。

開くと葉の形が透けたカードが出てきた。

「ああ、これは……きれいだ」

半透明の紙に黒い葉が透けている。黒い葉なのに、光を感じた。日を浴びながら落ちてくる。店名の由来の虚子の句を思わせる。永遠を封じ込めたようなあの句。葉がゆっくりと落ちてきたような気がした。書体も、シンプルな明朝体だが、デザイン案のときのパソコンの書体よりずっとよかった。

「とてもいいと思います」

僕が言うと、弓子さんはほっとしたように笑った。コースターの方も申し分なかった。それぞれ枚数を決め、注文した。

「今回は、ほんとに助かりました」

「なにがですか?」

弓子さんは不思議そうに首をひねった。

「僕がしたいと思っていたことを、探し当ててくれた」

それに……原田のことも……。このカードのことがなかったら、僕は原田の記憶を封印したまま生きていっただろう。

「いえ、今回はわたしも手探りで……透けた紙を使うなんてわたしひとりでは思いつかなかったし……。新しい試みばかりでした。でも楽しかった。慣れたことだけをしてちゃダメなんだ、って思いましたし、なにより俳句の言葉の力が新鮮で……。勉強になりました」

弓子さんが微笑む。

「そうだ」

僕は思いついて言った。

「『桐一葉』は初秋の句なんです。『桐一葉』が初秋の季語で……。店の名前でもあるし、最初はこの句でよいと思いますが、俳句に馴染んだ立場からすると、季節が変わったら、その季節の句に変えたいなあ、と」

「変化があれば、お客さまも楽しいと思います。常連さんが多いお店みたいですし、来るたびに違う句が載っていたら素敵ですよね」

「季節ごと、いや、月ごとに変えましょう。余ってもまた次の年の同じ時期に使えばいい。季節は毎年めぐってくるのだから」

季節は毎年めぐってくる。回っている。僕たちはそのなかで少しずつ歳を取っていくけれど。毎年同じ花が咲くのはうれしい。いつかと同じ風を感じるのも、同じ虫の声を聞くのも。僕たちがそのなかで変わっていくからこそ。めぐる季節を愛しいと思う。俳句って、それを刻むためのものなのかもしれない。

――句を作るのも好きだけど、人のを読むのも好きです。読んでいると、自分がその世界に溶けていく感じになる。

あのとき原田はそう言った。

――僕の場合はそうだな、強いていえば石みたいに感じる。大きな石もあれば小石もあるよ。でもどれもさわるとこつんとした手触りがある。なかにははいれない。

僕はそう言った。僕たちは最初から違ってた。でも、違ってるから、原田を好きになったんだ。

「次はなんにしましょうか」

弓子さんの言葉にはっとする。

「初秋は八月はじめの立秋から、九月のはじめの白露まで。白露になったら仲秋の句のコースターを出したいです。どんな句がいいかな。ちょっと考えておきます」

「わかりました。楽しみにしてます。まずはショップカードと『桐一葉』のコースターを刷りますね。一週間後にはお届けできるかと思います」

なんだかわくわくした。こうして月ごとに新しいコースターを増やしていけば、どんどんバリエーションが増えて、何十種類もの俳句のコースターができる。ずらりと俳句入りのコースターが並んだところを想像すると、うれしくて笑みがこぼれそうになった。

「ところで……。わたしの方もちょっとお訊きしたいです。まだ終わったわけじゃ

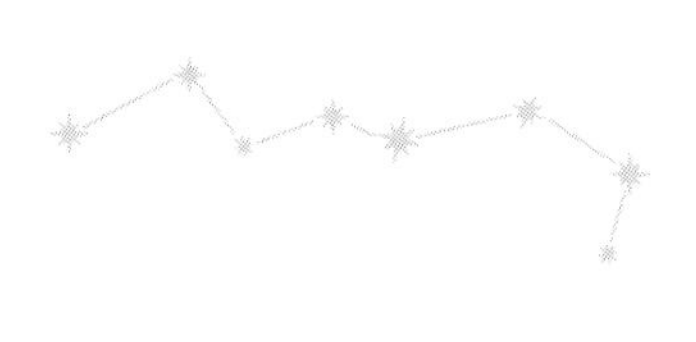

ない、というか、おつきあいがはじまったばかりなんですが……三日月堂の仕事、どうでしたか？」

「すごくいいと思いますよ。カードもコースターもとても気に入っています」

「いえ、どちらかというと、お店の対応といいますか……。ハルさんにも言われているんです。もっと接客を考えた方が、って。電話の対応とか、説明の仕方とか、ここはこうしたら、というところがあれば、教えていただけませんか？」

「はあ……。そう言われても……」

僕は首をひねった。正直なところ、僕は嫌いじゃなかった。ちょっとぶっきらぼうな感じはするけど、変に媚びたりされるよりずっといい。それに、むかしから職人というのは無愛想なものだ。

「いいんじゃないですか？　あ、えーと、ただ……」

「なんですか？」

「最初にお邪魔したとき、ちょっと不安になりました。ほんとに営業してるのかな、って。ハルさんから聞いていたからブザーを押しましたが……」

僕は思い出して言った。

「ガラス戸のなかのカーテンをやめて、中を見えるようにしてはどうですか？」

「中を？」

弓子さんが首をかしげた。

「中が見えれば、人はそれだけで安心して、声をかけやすくなります。それにドアの向こうのあの活字の棚はインパクトがある。あれを見て興味を持つ人もいるかもしれない」

「なるほど」

弓子さんが目を大きく見開いた。

「これまで、通りがかりの人がやってくるとは考えてなかったんです。でも、そうですよね、祖父のころは、いつもドアが開いてた。それで、看板を見かけて思い立った人がはいってきたりしていました。そうか、そうですね」

いかにも感心したという顔でうなずいている。

変わった人だな。無器用で、気まじめ。職人気質。原田と似ているところもあるが、やっぱり違う。この人はこの人なんだな、と思う。カードとコースターのサンプルを見ながら、くすっと笑った。

7

梅雨があけるころ、ショップカードとコースターが届いた。評判は上々で、レジに置いておくと持って行く人が増えた。なかには、コースターが気に入ったからほしい、という人もいた。そういうときは使用前の新しいものを渡した。

「いいですね、これ。持ち帰ってもいいですか？」

ある日、帽子のお客さんが会計のとき、コースターを手にして言った。

「新しいの、お出ししますよ」

「いや、いいんだ。このグラスの跡も記念になる」

帽子の人はちょっと笑って、コースターをカバンにしまった。

「先代から店名の由来が虚子の句だっていうのは聞いてたけど……。いや、わたしも以前は俳句関係の仕事をしてたんでね」

「俳句関係のお仕事？」

「俳句系の出版社の編集。もうずいぶん前に定年退職したけどね。このコースターの文字、活版かな」

「え、ええ。そうです」

「なつかしいなあ。それに、こうして改めて見ると、とてもいい。句が際立つ。文字の美しさと内容の相乗効果だね。こうしてコースターに書かれているとみんなの目に触れるし、押しつけがましくもない。いいアイディアだ」

ずっと長いあいだ店で見かけていた人だから、他人とは思えなかったけれど、ちゃんと話したのははじめてだった。

「先代、俳句を作る人だったでしょ？」

「ええ」

「やっぱり。ずっとそうだと思ってたんだ。その話をしたことはなかったけど、なんとなくわかったよ。いつもね、どんな句を作るんだろう、って勝手に想像したりしていた」

帽子の人はくすっと笑った。

「この店、僕の居場所だったからね。いい人が継いでよかった。先代の甥御さんだったかな。珈琲の味も、店の心も、ちゃんと受け継いでいる」

「ほんとですか」

胸がぎゅっとなった。

「正直、先代が亡くなってすぐのころは、まだまだだな、って思ったこともあったよ。だけど、最近はぐっとよくなった。今日の珈琲は先代と同じだって感じた」

驚いて、なにも言えなくなった。

「もう大丈夫だ。そう思ったよ」

帽子の人の微笑みに、胸がいっぱいになった。

そうか、そうなんだ。この店の雰囲気は伯父ひとりで作ったんじゃない。お客さんといっしょに作り上げたものなんだ。そして、僕も。僕もいっしょに作っていくんだ、これからのこの店を。

「このコースター、月ごとに内容を変えていこうと思ってるんですよ」

「ほう。次はいつかな」

「九月です。中秋にはいったら別のコースターにします」

「それは楽しみだ」

帽子の人がにっこりした。

期待されていると思うとちょっと緊張する。だがうれしかった。いつか伯父の句もコースターに刷ってみよう。帽子の人は気づくだろうか。

「おいしい珈琲をありがとう。また来るよ」

帽子の人は扉を開け、外に出て行った。
おいしい珈琲をありがとう。その言葉が耳のなかに溶けて広がる。
真っ青な空にもくもくした雲がわきあがっていた。

星たちの栞

1

夏休みが明けて一週間がたった。学期始めのばたばたも少し一段落つき、学校の帰り、めずらしく一番街を通った。

川越にある私立高校に勤め始めて十年。いつもは駅から学校までバスに乗ってしまうので、川越の街をゆっくり見ることなんてあまりない。今日は母に頼まれて、一番街の近くにある醤油屋に寄ったのだ。

店を出て一番街に戻る途中で雨が降ってきた。大粒の雨だ。傘はない。どうしよう、と思ったとき、喫茶店の看板が出ているのが見えた。

〈桐一葉〉。むかし一度はいったことがある店だ。白髪のおじいさんの淹れる珈琲が信じられないほどおいしくてびっくりしたのを思い出した。久しぶりにあの珈琲を飲んでみたい。桐一葉の少し重い木の扉をあけた。からん、という音がして、ドアがしまる。雨の音がやみ、急に静かになった。

「いらっしゃいませ」

カウンター席に座ると、男の人の声がした。あれ、と思った。カウンターの中には、若い（といっても、わたしと同じか少し上くらいだけれど）男の人がいた。おじいさんじゃない。少しがっかりした。あのおいしい珈琲は飲めないのかもしれない。驚くと同時に、以前頼んだのと同じ「深煎り珈琲」を注文した。店の人が静かな声で、かしこまりました、と言うのを聞いて、また、あれ、と思った。あのときのおじいさんの声と似ている気がした。年もちがうのに、雰囲気だろうか。話し方だろうか。その声を聞いて、少し期待が高まった。

「どうぞ」

店の人が、テーブルにコースターと水を置く。真っ白い紙のコースターの隅になにか文字が書いてあるのが見えた。目を寄せ、はっとした。

われの星燃えてをるなり星月夜

俳句だ。高浜虚子の有名な句。白い紙に刻まれたくっきりした文字に目が引き寄せられた。強い言葉だ。それに、この文字。まるでひとつひとつが星のようだ。いい匂いが漂ってくる。ドリッパーに珈琲の泡がふんわりとふくらんでいた。店の人がお湯をゆっくりゆっくり回しながら注いでいる。おじいさんの姿を思い出した。あのときもゆっくりゆっくりお湯を注いで、ふんわりした泡がふくらんで……。

コーヒーが運ばれてくる。

「あの……」

わたしは話しかけた。

「これ、虚子ですよね」

コースターを差しながら言った。

「はい。そうです」

店の人がにっこり笑った。

「俳句、お好きですか？」

「え、いえ、そういうわけでは……。実は、高校で国語を教えてるんです。このコースター、とても素敵ですね。前に来たときにはなかったような……」

「最近はじめたんです。毎月一句ずつ、月替りで変えていこうと思ってます」

「いいですね。どなたのアイディアなんですか？」

「僕です」

店の人は照れたような顔になった。

「実は店の名前も虚子の句からとったんです。伯父がつけたものですけどね」

「伯父さんって、もしかして、白髪の……？」

「はい。伯父は俳句が好きで……。三年前に亡くなって、いまは僕が店主です」

そうだったのか。あのとき一度きりしか会ってないのに、しかもほとんど言葉も交わしていないのに、なぜか少しさびしかった。でも、そうなのか、この人はあのおじいさんの甥なんだ。だから似ている気がしたのかもしれない。

「どうぞ、ごゆっくり」

店主さんがカウンターの中に戻ってゆく。カップを持ち上げる。いい匂い。目を閉じ、口をつける。おいしい。香り高く、深みのある味。おじいさんが淹れたのとそっくりだ。あの新しい店主さん、きっとずいぶん鍛練したんだろう。

それに、このコースター。白い紙に文字が刷られているだけ。だが、だからこそ俳句一句の凄みが際立って見える。

「これ、よかったら。先月のです。店名の由来の『桐一葉』の句」

店主さんがカウンターのなかから同じコースターを出してきた。同じ形、同じ紙。そして「桐一葉」の句。十月になったらまた別の句になるのか。なんだか毎月来たくなる。

「きれいな文字でしょう？　活版印刷なんですよ」

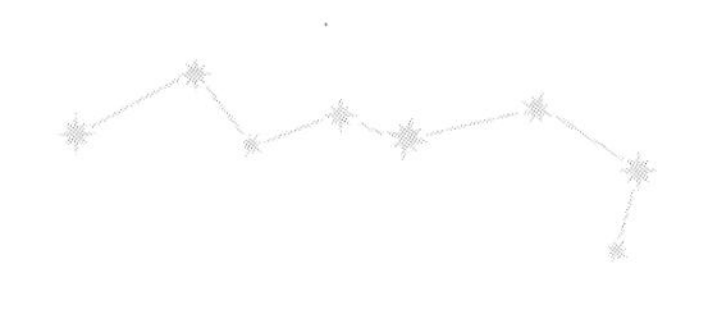

店主さんが言った。

「この街に小さな活版印刷所がありまして、そこで刷ってもらってるんです」

「いまどきめずらしいですね。でも、ふつうの印刷と雰囲気が違って、一文字ずつすごく存在感があります」

「そうでしょう？　僕もそこに惹かれたんです。なんていうか、しっかり刻みつけられているような、独特の雰囲気があって……」

正方形の紙の隅に一行。さっき文字が星のようだと感じたのは、この深く刻まれたような文字のせいだったのかもしれない。これが活版印刷の文字なのか。

わたしは学校で文芸部の顧問をしている。一学期に部活で宮沢賢治の『銀河鉄道の夜』を読んだ。はじめの方にジョバンニが印刷所で働く場面がある。そこで部員たちが「活字を拾う」という言葉の意味がわからない、と言っていたのを思い出した。

「そのお店、どこにあるんですか？」

「鴉山稲荷神社の近くですよ。三日月堂っていうんです」

鴉山稲荷神社……。聞いたことがあるような気はしたが、どこかわからない。

明日は二学期最初の部活がある。部員たちにこのコースター、見せてみようか。

からんからん、と音がした。客がひとり出ていったのだ。雨はあがっているみたいだ。意外なほど長い時間が過ぎていたのに気づいた。コースターをカバンのポケットにそっと入れ、席を立った。

2

「なんですか、それ」

部の活動が始まる前、桐一葉でもらったコースターを出すと、二年生の村崎小枝が目をきらきらさせてのぞきこんできた。

「コースターですよね？　あ、字が書いてある」

小枝は文芸部の部長で、しっかりした生徒だった。読書量も多く、読書感想文で何度も賞を取ったことがあるし、リーダーシップもある。

「うん。なんだか、わかる？」

笑って見返す。

「俳句……ですよね？」

小枝が首をかしげた。

「そう。両方とも高浜虚子の句よ。前に授業で習ったでしょ？　『白牡丹といふといへども紅ほのか』とか『遠山に日の当たりたる枯野かな』とか」

「あ、そうか。『去年今年貫く棒の如きもの』の人ですね」

短歌や俳句にも興味を持っているらしい小枝は、コースターをじいっと見つめた。

「うわー、これ俳句？　カッコよくないですか？　『われの星燃えてをるなり』？　『われの星』ってなんですか、しかも『燃えてる』って……すごくないですか」

うしろから来た山口侑加が声をあげた。侑加も二年生。感性が鋭く、高二とは思えない作品を書くので、部員から一目置かれている。すごくない？　すごくない？　繰り返しそう言いながら、ほかの子たちにコースターを見せている。

「これ、どこかで買ったんですか？」

大騒ぎしている侑加を横目で見ながら、小枝が訊いてきた。

「もらったの。一番街の桐一葉っていう喫茶店で」

「喫茶店？　じゃあ、もしかしてこのコースターでお水とか出てくるんですか？　それって、ちょーカッコよくないですか？」

侑加が大きな目をさらに見開いて言った。

「こういうの、わたしたちも作ってみたいような……」

小枝がつぶやいた。

「そろそろ『すずかけ祭』の準備もはじまりますよね。いつも文芸部は部誌の販売しかしてないけど、今年はこういうのを作ってみたいな、って……」

「いいね、それ」

小枝の言葉に、侑加が即答する。ほかの部員たちも、やってみたい、と口々に言った。

文芸部は例年、部員の創作作品を集めた部誌を作り、販売していた。

ここ私立鈴懸学園では、毎年十一月に「すずかけ祭」という文化祭が行われる。

「たとえば、好きな本の印象に残る一節を取り出して印刷するとか……」

小枝がそう言って、天井を見上げた。

「文芸部らしくていいわね。でも、コースターじゃなくてもいいかも」

わたしは答えた。

「カード？」

「栞とか……？」

「栞、いいね」

みんなが口々に言った。

「でも、このコースター、なんだかふつうの印刷じゃない感じが……」

侑加がコースターをじっと見る。

「でしょ？　これ、活版印刷なんですって。お店の人が言ってたわ」

わたしは言った。

「活版印刷って……『銀河鉄道の夜』に出てきた……？」

「これが活版印刷……」

みんないっせいにコースターをのぞきこむ。

「一番街の近くに活版印刷所があって、そこに頼んでるんですって」

「そんなとこが川越にあるんですか！」

侑加が叫んだ。

「すごくない？　活版印刷だよ。ジョバンニが働いてたとこだよ？」

すっかり興奮した口調だ。

「いや、まあ、それは……」

まわりの子たちは侑加があまりに盛り上がっているので、一歩引いている。

「すずかけ祭の話とは別に、行ってみたい！　その印刷所、見に行きたい！」

侑加がばたばたと騒ぐ。

「この印刷自体が素敵だ。この印刷だからこんなに素敵に見えるんだよ、きっと」

「でも、活版印刷って高いって聞いたよ。わたしたちには無理なんじゃない？」

三年の部員が言った。

「パソコンで作ったのをプリンタできれいな紙に打ち出すだけでも、素敵に作れると思うけど。模様とかイラスト入れてもいいし……」

「でも……なんか、この印刷が無性に気になるんですよ」

侑加が言った。

「素敵じゃないですか？　白い紙に黒い文字だけ。模様とか絵とかがはいると、全然ちがうものになっちゃう気がする」

みんな口をつぐみ、もう一度コースターをじっと見た。

「まあ、部で作る栞はプリンタでもいいと思いますけど、それとは別に、印刷所の見学には行ってみたい……。無理ですかねえ」

侑加が言った。印刷物を発注するわけでもないし、簡単に見学させてもらえるとは思えない。でも、桐一葉の店主さんに紹介してもらえば、あるいは……。印刷所の見学は、文芸部の活動としても悪くない。それに、実のところ、わたし自身も見てみたい気がした。

「できるかどうかわからないけど、桐一葉の店主さんに訊いてみようか」

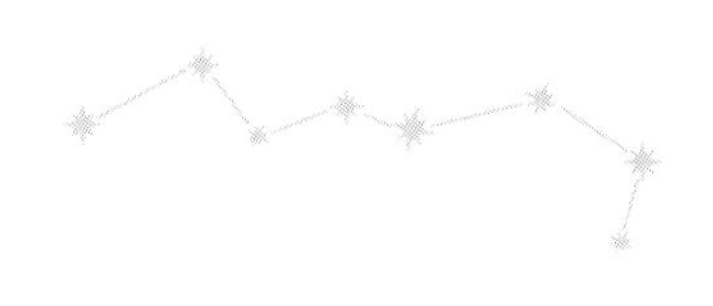

「ほんとですか？」

侑加がうれしそうに叫ぶ。

「場所も一番街の近くって言ってたし、そう遠くないと思うから」

「どのあたりですか？」

小枝が言った。

「鴉山稲荷神社の近く、って言ってたわ。どこだかわからないけど……」

「わたし、知ってます」

小枝が言った。文芸部の子たちはみんなよそから通っている。小枝だけは生まれたときから川越に住んでいるので、街のことにくわしかった。

「仲町の交差点を左にはいって……お醤油屋さんとかがある裏道の先です」

「醤油屋さん？」

わたしは小枝を見た。

「江戸時代の蔵を見学できる、松島醤油っていう古いお醤油屋さんです」

あの日行った店だ。あの先に、印刷所があるってことか。一軒家や畑が並んでいるだけの静かな道だったけど……。

「部活終わったら、このまま行こうよ」

侑加が言った。

「行ってどうするのよ？　いきなり行って見せてくれるわけないでしょ」

小枝が呆れたように侑加を見た。

「外から見るだけでいいからー」

「じゃあ、わたしも行くわ」

わたしは言った。場所がわかると行ってみたくなる。

「ほんとですか？　さすが遠田先生は話がわかる」

「でも、その前に部活はやろうね。今日は夏休みの課題を提出するはずでしょ」

夏休みの課題。短編小説か詩を一編、または短歌俳句を十編作ってくる。それをこれからの部活で推敲し、すずかけ祭で販売する部誌に載せるのだ。

みんなカバンから原稿用紙やプリントアウトした紙を取り出す。だが、まだ途中で、とか、できてません、という子も多かった。

「山口さんは？」

侑加の方を見る。

「すいません！　できてません！」

あっさり、元気よく言った。

3

塾や習い事があったり、遅くなることが禁止されている子も多く、結局印刷所を探しに行くのは小枝、侑加ふたりだけだった。

小枝の案内で、醤油店の角を曲がる。最近は一番街以外の小道にもお店が増えてきているが、そこはふつうの戸建ての家しかない静かな道だった。

「あそこです。室町時代からある神社らしいですよ」

小枝が言った。

「よく知ってるわね」

「小学生のころ、社会で川越の神社調べっていうのがあったんです。でも印刷所なんてあったかなあ」

「工場ってほど大きくないみたいよ。白くて四角い建物って言ってたわ」

「あれ……ここじゃないですか？」

うしろから侑加の声がした。神社のはす向かいの建物の看板に顔を近づけている。

たしかに白くて四角い建物だ。

「『三日月堂』って書いてありますよ。うわっ、す、すごい」

ガラス戸のなかをのぞいた侑加が、ぎょっとしたように固まった。

「どうしたの？」

近づいて訊くと、侑加が黙って店内を指差した。

「これ、活字……？」

わたしも思わず声をあげた。ガラス戸の向こうの壁が一面棚になっていて、小さな四角いものがぎっしり詰まっている。写真で見た活字の棚そのものだ。

「うそ……すごい……」

「かっこいい……」

呆然と立ち尽くしていると、なかで人が動いた。

「なにか……？」

扉が開き、若い女性が立っていた。ちょっと面喰らった。活版印刷というからてっきり年配の人がやっていると思っていたのに……。

「あ、あの……。ここ、活版の印刷所……ですか？」

侑加が訊いた。

「そうですが……」

女性がうなずく。低い、落ち着いた声だ。わたしより少し若いくらいの女性だ。この人、ここの家族なんだろうか。それとも従業員？

「すみません。わたしは市内にある鈴懸学園という高校に勤めていて……国語教師の遠田真帆といいます。実は桐一葉さんでコースターを見て……」

「あ、ああ、俳句の……」

「はい。店主さんからこちらで刷ったものと聞きました。この子たちはわたしが顧問をしている文芸部の生徒で、コースターと活版印刷の話をしたら、どんなところで印刷しているのか見たい、という話になりまして……」

「あのコースター、すごくカッコよくて……」

侑加が横から飛び出すように言った。

「それは……ありがとうございます」

彼女が少したじろいだように言った。

「あの、お店の方は……？」

わたしは訊いた。

「わたし……ですけど。三日月堂の店主、月野弓子です」

「店主さん……？」

この人が？　この人が店主さん？

「えーと、若い方に興味を持ってもらえるのはうれしいです。わたしも行ったことがありますよ、鈴懸学園。十一月に文化祭があるでしょう？　むかしそれを見に行ったことが……。よかったら、中、見てみますか？」

「いえ、でも……お願いするものがあるわけではないので……」

「いいですよ。いまちょっと休憩しようと思ってたところなんです。どうぞ、お時間あるなら、見て行ってください」

「ほんとですか、ありがとうございます」

わたしが止める間もなく、侑加はそう言ってさっさとなかにあがりこんでいった。


「すごいですねえ」

小枝も侑加も息を呑み、ただ部屋を見回している。広さはそんなにない。教室の半分くらいだろうか。四方の壁一面、天井まで棚があり、どこもかしこも鈍い銀色の活字が詰まっている。

もともとここは弓子さんのお祖父さんのお店だったらしい。五年前にお祖父さんが亡くなって閉店したが、最近弓子さんが戻ってきて、ふたたび営業をはじめたのだそうだ。

「あの棚から一本ずつ拾うんですよね。すごいなあ。ほんものの活字って、はじめて見ました。知らなかったんです、『活字』って……こういう物体があるって」

侑加がため息をつく。

「いまはコンピュータでなんでもできますもんね。ひとつずつ文字の形のハンコみたいなのがあって、それを並べて印刷してた、なんて思いもしないですよね」

弓子さんが笑った。

「文字、どうやって探すんですか?」

「漢和辞典と同じ並び方になってるんですよ。むかしの植字工さんたちは、おしゃべりしながらすごいスピードで拾ってたんですって」

弓子さんが言った。

――これだけ拾って行けるかね。

ふいに『銀河鉄道の夜』の印刷所のシーンのセリフが頭によみがえった。

大学時代、わたしは演劇部に所属していた。三年のとき『銀河鉄道の夜』の公演を行い、わたしはジョバンニを演じた。『銀河鉄道の夜』は謎の多い作品だ。役をつかむためにぼろぼろになるまで本を読み、自分のセリフ以外もすべて空で言えるようになった。いまでもすべてのセリフが頭にはいっている。だから、わたしにとって、『銀河鉄道の夜』は特別思い入れのある物語だった。

印刷所のシーンで、ジョバンニは一枚の紙切れを渡され、棚から活字を拾っていく。まわりの棚にはいった活字のひとつひとつが、星のように思えた。文字の天の川のなかにいて、文字という星を拾っていくみたいだった。

「ほんとに『銀河鉄道の夜』の世界ですね」

わたしがつぶやくと、弓子さんが微笑んだ。

「ジョバンニはこういう棚から活字を拾っていくんですよね。拾った活字を平たい箱に入れて……」

劇の動作を思い出しながら言った。

「ええ、文選箱ですね。ここにもありますよ」

弓子さんが壁にたてかけてあった小さい箱をひょいと持ち上げた。

「この巨大なのはなんですか？　めっちゃカッコいいんですけど」

侑加の声がした。車一台分くらいありそうな大きな機械の前にいる。機織り機のような形だが、鉄だろうか、真っ黒い金属製の機械だ。

「印刷機です。その機械なら本も印刷できます。調整がむずかしくて、わたしはまだ動かせていないんですけど。よく使ってるのは、これとこれですね」

弓子さんは、箱形の機械と、円盤とレバーがついた機械を指した。

「これは手キンっていって、完全に手動で、手でレバーを上げ下げするだけ」

円盤のついた機械を指し、横についたレバーを少しおろした。

「これでも、名刺やハガキ、便箋くらいまでだったら刷れますよ」

「ここにはまってるのが活字ですよね？」

侑加が機械の下の方を指して訊く。

「そう。こういうケースに入れて組んで、セットするの」

「文字ひとつひとつに身体があって、それを並べて文章を作るんですね」

侑加が感心したように言う。たしかに、どんな言葉も文字の組み合わせでできている。この文字の天の川のなかにある星たちでできているのだ。

「これ、みんなにも見せたいですよね」

小枝が言う。

「見学も大丈夫ですよ。事前に連絡をもらえれば」

弓子さんが微笑んだ。

「ほんとですか？　やったー」

侑加がはしゃいで手をあげる。

「ワークショップとかはないんですか？」

わたしは訊いた。

「ワークショップ？」

「ええ。前になにかの記事で見たんです。活版印刷のワークショップの話を。訪れた人が自分で活字を組んで、名刺を作るっていう……」

「いいですね、それ。わたしもやってみたい」

侑加が声をあげる。

「いままで考えたことはなかったですが、できないことはないと思います。活字いくつかと手キンさえあればどこでも印刷はできますし、やり方を考えれば出張ワークショップもできるかもしれませんね」

出張ワークショップ……？

すずかけ祭の予算には教員用の特別枠があり、教育的、文化的な企画であれば、若干予算がおりる。活版体験は、伝統文化体験の枠にはいるかもしれない。国語科で話し合ってみれば、もしかしたら……。

「じゃあ、たとえば文化祭に来てもらう、ってこともできるでしょうか？」

わたしは訊いた。
「え、ええ……できるとは思いますが……」
「可能かどうか、学校で話し合ってみないとわからないですが……」
とにかく一度掛け合ってみよう。弓子さんに具体的な条件を送ってもらうことにして、三日月堂をあとにした。

4

すずかけ祭での活版ワークショップは、あっさり実現できることになった。例年行っていた伝統芸能の体験教室が先方の都合で開催できなくなり、その枠に代わりにはいることになったのだ。三日月堂から提示された出張代は学校の予算でじゅうぶんまかなうことができ、文芸部の栞作成についても予算に組み込んでもらえることになった。

国語科と文芸部との共同企画ということで、展示やワークショップの運営は文芸部にまかせることにした。部長の小枝と、めずらしくやる気を見せている侑加を責任者とした。

部会で、小枝が「みんながちがう本の一節を選ぶのもいいが、活版印刷を使うのだから、全員『銀河鉄道の夜』のなかから好きな一節を選ぶのはどうか」と提案すると、「それなら教室全体を『銀河鉄道の夜』をイメージした世界にしよう」「壁面を夜空に見立てて栞を貼ろう」「部員は印刷所の植字工をイメージした作業服のコスチュームにしよう」などといろいろ案が出て、どんどん話が進んだ。

部員が選んだ一節の栞は、あらかじめ三日月堂で刷っておいてもらうことになり、リストを持って、小枝、侑加といっしょに三日月堂に届けた。

「当日はワークショップ用に、手キン一台と九ポイントという大きさの活字を持っていこうと思ってます。もちろんすべての文字は持っていけないので……ひらがなとカタカナ……あとは漢数字と濁音と『大出張』と……」

と、弓子さんが考えながら言った。

「『大出張』?」

「『大出張』ってなんですか?」

侑加が訊いた。

「あ、ごめんなさい、活版用語なんです。活字って、漢和辞典の順番にこの棚にはいっている、ってこの前説明しましたよね?」

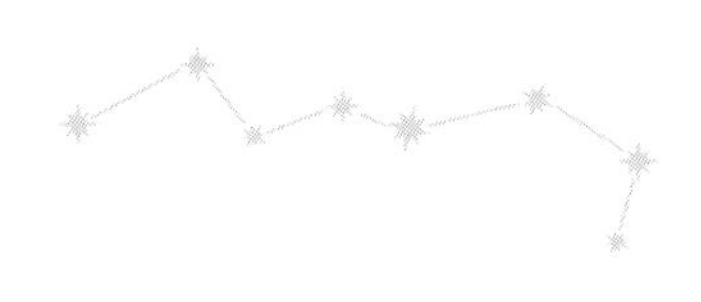

三人でうなずく。

「でも、とくに使用頻度の高い文字だけは特別のケースにはいってるんです」

弓子さんはそう言うと、棚からケースを引っ張り出した。

「とくによく使うのは『袖』と『大出張』。『袖』にはいっているのは、漢数字、仮名の濁音、それに、元号や住所によく使われる文字……」

弓子さんはケースにはいっている活字を指した。

「『年』とか『月』とか、『都』『県』『市』『町』……。印刷所ではいろいろな書類を刷るんですよ。新聞、公報、役所の文書、名簿、伝票、名刺、挨拶ハガキ……。そうした書類でよく使われるものですね。そういえば、ここではある時期まで鈴懸学園の生徒手帳も作ってたはずです」

「うちの生徒手帳？」

小枝と侑加が顔を見合わせた。

「だけど、今回のワークショップでは、住所や年号を組むための文字はそんなにいらないですよね？」

「そうですね」

「だから、漢数字と濁音をほかのケースに詰めて、あとは『大出張』というのを持っていくことにしました。よく使われる漢字、一一七文字を入れたケースです」

「一一七文字？」

「はい。でも、小学校で習う漢字だけでも千字以上ありますから、まだまだ少ないですよね。次に使う字を集めた『出張』からも使いそうな字を選んで持っていくことにします。それでも皆さんの希望の漢字すべてをまかなうことはできないかもしれませんが……」

「そうですね、漢字にできないところはひらがなで置き換えましょう」

わたしは答えた。


「いろんなことが決まりましたね。わくわくしてきました」

帰り道、小枝が言った。

「みんなすごく張り切ってて、準備もどんどん進んでます。コスチュームは緑山さんのお母さんが洋裁が得意らしくて、手伝っていただけるそうですし。壁面のディスプレイの計画は湯本先輩と堀さんががんばってますし」

「栞担当は古川さんと伊藤さんだったよね」

「はい。ワークショップで作った栞は、穴をあけてリボンを通すみたいです」

「あのふたり、活版印刷に合わせるには、あんまりかわいいリボンじゃダメだから、って、何度も手芸材料店に通って、選んでるみたいですよ」

侑加がくすっと笑った。一年の古川さんと伊藤さんは、いつもは物静かで、つかみどころがないが、そういうのが好きだったのか。みんな積極的に自分の得意分野でがんばってくれている。いい展示になりそうだ、とうれしくなった。

「あ、でも、部誌もちゃんと作らなくちゃね。展示とワークショップに夢中になってたけど、文芸部にとって部誌の発表は欠かせないもの」

夏休みの創作は、ほぼそろっている。一、二年の子たちの作品も何度も推敲を重ねて発表できる状態になっていたし、受験勉強で忙しくて提出が遅れていた三年の子たちの原稿もようやく全員分そろった。

あとは……侑加だ。

「山口さん、まだだったわよねえ」

「あ、すいません……書いてる……いや、書こうと思ってるんですけど……」

侑加の表情が少し翳った。

「スランプっていうか……。書き出そうとすると、なんかこう……なに書いても無駄な感じがしちゃったり……。賢治さん読んでからかもしれないなあ」

侑加はぼんやり言った。

「なに言ってるの。みんな侑加の原稿、楽しみにしてるよ」

小枝が呆れたように言った。

「う、うん……」

侑加には特異な才能がある。いわゆる幻想小説で、こういう独特の世界を作る子ははじめてだった。

あの子はほかとちがいますね。部誌を読んだほかの国語教師からもそう言われた。

だが、ムラがあるという欠点もあった。部活に来ないことも多く、今回のように締め切りをすぎても提出しない。さぼって出さないのではなく、書けないのだ、と何度か話していて気づいた。完璧主義でプライドが高いから、書けないときには顔を出せない、ということらしい。

「でも、もう来週のはじめには印刷に出すわよ。このままだと山口さんの作品だけ載っけられなくなっちゃうけど……」

冗談っぽく言った。

「それは……いやですね。自分だけ載ってないとか……めちゃ悔しいですから」

侑加が、ははっと乾いた笑い声を立てる。

「でも、もう印刷に出さないと間に合わないもの。今週末がデッドラインよ」

「わかりました」

侑加はぼそっとつぶやいた。

5

金曜日の昼休み、侑加がひとりで職員室にやってきて、やっぱり書けませんでした、と言った。

「悔しいですけど……今回は部誌から外してください」

いつになく元気がなく、うなだれている。

「全然書けないの？　それとも書き出したけど、途中で止まっちゃったの？」

「書き出しました。で、半分くらいまでは書けたと思うんです。でも……」

侑加が丸い目でじっとこっちを見た。

「なんか、こんなの書いてもしょうがないかな、って。自己満足だな、って」

途中で目をそらし、うつむき、ぼそぼそとつぶやくように言って、黙った。

「その作品、もう書きたくない？」

「いえ、書きたいんです。すごく書きたい。でも、書けないんですよ」

侑加が情けない顔になる。その表情を見て、侑加にとってこれまで以上に大切な作品なのかもしれないと感じた。大切だからこそ簡単に書けない。

「じゃあ、週末、もうちょっと粘ってみたら？」

「え？　いいんですか？」

「印刷に出すのは月曜日だから。月曜の朝に持ってくれば、なんとかするわ」

「わかりました。がんばってみます」

侑加は大きな目を開いて言った。いつになく真面目な顔だった。


そして、日曜の夜。授業の準備をしていると急に電話が鳴った。

「あの、遠田先生ですか。山口です。文芸部の山口侑加です」

「どうしたの？」

「作品、書けたんです。えーと、実は、今日ひとりで電車で海まで行ったんです」

「ええっ？」

「海に行く話を書こうと思ってたんで、実際に海を見たら、なんかわかるかな、って思って。で、ほんとに、なんだかうわーっと書ける気がして……」

「完成したの？」

「はい。でも、なんだかこれでいいのか自信がなくて。先生に見てほしいんです。いまからメールで送ります。いいですか？」

「わかったわ。送って」

電話を切ってしばらくすると、侑加からのメールが届いた。添付ファイルを開き、作品を読みはじめた。

ある日目を覚ますと、主人公は魚になっていた。空気のなかを泳げるのだが、姿は透明らしく、鏡にも映らないし、両親も気づかない。外に出て、夢で見た海を探してみようと思う。駅まで宙を泳ぎ、電車に乗る。だれも主人公に気づかない。海の近くの駅に着き、主人公は海岸まで行く。

主人公はそこで、明日はあの家はなくなるのだ、と思い出す。両親が別れ、家を越すことになっていたのだ。主人公は自分はもうここで消えてもいいかもしれない、と思う。そうして波のなかにはいったとき、安心感を覚える。

幻想小説だが現実的な手触りがあり、孤独な魚の視点で描く町や電車のなかの情景の描写に勢いがある。生きることのどうしようもない悲しみやむごさが浮かびあがってくるような作品だった。

侑加にすぐに電話をかけ、このまま部誌に載せよう、と言った。

「これでいいんですか?」

「いいわよ。誤字だけはもう一度自分でよくチェックしてね」

「わかりました。でも、不安だから……小枝にもこれから見てもらいます」

侑加はそう言って、電話を切った。

明け方、侑加から作品が送られてきた。学校に行ってから、空き時間に全員の作品をまとめ、印刷所に送った。あらためて読むと、今回の侑加の作品は際立っていた。侑加に会ったらきちんと感想を話そうと思った。


だが、火曜も水曜も、侑加は部活に出てこなかった。その次の週も。学校には来ているが、授業が終わるとそのまま帰ってしまっているようだ。

活版印刷の企画にもあんなに熱心だったのに。いったいどうしたんだろう? 部誌の作品の内容を思い出し、少し不安になった。よい作品だったが、最後に海にはいっていくところには、死を匂わせるような不穏な雰囲気が漂っていた。

侑加は不思議な子だ。作品はいつもひんやりして、さびしい。だが、ふだんの侑加はハイテンションで、沈んでいるところは見たことがない。だが、もしかしたらそれは絶対に素顔を見せない、ということかもしれない。

気になって侑加のクラスの担任教師に訊いてみたが、なにも知らないと言う。もともとムラのある子だったので連絡するか迷っているうちに、文化祭の週になってしまった。

放課後、文芸部に顔を出すと、小枝の姿が見えた。ほかの二年生といっしょに、展示に使う模造紙を運んでいる。侑加の姿はない。

「村崎さん、このところ山口さんが来てないみたいだけど、なにか知ってる？」

わたしは小枝に話しかけた。

「それが……わからないんです」

小枝がうつむく。

「昨日も声をかけたんですけど、無視されちゃって。電話したり、メッセージを送ったりもしてみたんですけど、返事もないんです」

「なにかあったの？」

「気になることはありますけど、それが原因なのかどうかは……」

小枝がため息をつく。気になることってなんだろう？

「今日はこのあと、三日月堂に行くんですよね」

小枝が顔をあげた。三人で刷り上がった栞を受け取りに行くことになっていた。

「侑加は来ないと思います。なので、わたしだけでもいいでしょうか」

「それは……かまわないけど……」

戸惑いながら答える。なにがあったのか気になる。でも、ほかの部員もいるし、いまは準備の作業を進めなければならない。侑加のことは三日月堂に行くときに訊こう、と決めた。


部活が終わってからふたりで三日月堂へ向かい、刷り上がった栞を受け取った。名前はついていないので、だれがどこを選んだのかはわからないが、こうして印刷されてみると、そのうつくしさに胸がいっぱいになった。

「とてもきれいです」

小枝の声も少しふるえていた。

「ありがとうございました。ほんとうに、お願いしてよかったです」

わたしが言うと、弓子さんがはずかしそうに微笑んだ。

「そういえば……祖父の本棚からこんなものが出てきたんですよ」

弓子さんが古い本を差し出した。箱入りの立派な本だ。

「『校本宮澤賢治全集』。古い方の……」
箱には文字と小さな絵。引き出すと青っぽい布張りの本が出てきた。表紙の文字は金の箔押し。むかしながらの全集だ。一九七〇年代に編纂されたこの全集がその後の宮沢賢治のテキストの基礎になっていると聞いたことがあるが、はじめて見た。九〇年代から新版の編纂がはじまり、二〇〇九年に完結。いま学校の図書館にあるのも、その『新校本宮澤賢治全集』の方だ。

「『銀河鉄道の夜』は未完の作品で、草稿が何種類もあったんですって。この全集に収録されるまではそれがちゃんと解明されていなくて、一回目から三回目までの改稿原稿が混ざったような形で本に載っていた。この全集で最終的な形が四回目の改稿版だとわかって、はじめてその形で収録されたのよ」

「そうだったんですか」
小枝が少し驚いたような顔になる。

「『銀河鉄道の夜』はいまでも欠けているところがあって、未完の作品だけどね。小説には、作者自身にもすぐにわからない『奥』があるのね。だから、ひとつの作品が完成するまで、何年もかかることもある」

「そうですね」

弓子さんがうなずいた。

「全集をそろえるなんて、お祖父さまは文学がお好きだったんですね」

古いその本を手に取り、わたしは弓子さんに訊いた。

「いえ、祖父はほんとうに職人で、印刷にはくわしかったけど、本が好きってわけじゃなかった。全集は父のためのものでした。父は宮沢賢治が好きで……結局理系に進んだんですが。これは父が家を出るときに残していったものなんです」

弓子さんが言った。本をぱらぱらめくると、あちこちに鉛筆の書き込みがあった。几帳面な小さな字だ。きっと弓子さんのお父さんのものなのだろう。

「この本は活版印刷なんでしょうか」

小枝が訊いた。

「そうだと思います」

弓子さんが答える。

「じゃあ、この本のすべてのページ分、活字を組んだ、ってことですよね」

「そういうことですね」

「全集全巻の全ページ分の版って……たいへんな量ですよねえ」

想像するだけでくらくらした。

「そうですね。版をいったん組んだら、紙型というものを作ります」

「紙型？」

「組みあげた版の上に特殊な紙をのせて熱し、圧力を加えます。そうすると版の出っ張った部分が凹みます。これを鋳造機にセットして、溶けた鉛合金を注ぐと、版と同じ形の一枚の金属板ができあがる。印刷にはこの金属板を使い、組んだ活字はばらします。活字はもろいので、大部数を刷ると摩耗してしまうので。それで紙型の形で保管しておくんです。軽いですから」

　弓子さんは本を見下ろしながら言った。

「ばらした活字は鋳造にまわします。だから組んだ活字はもうどこにもない。でも印刷された文字は残っている。実体が消えても、影はいまもここにある」

　ほんとうに不思議なことに思えた。この本を組むために活字を拾った人ももういないかもしれない。活字も、印刷機も、なにもないかもしれない。それでも本はそのまま残っている。

　この本がなくなっても、賢治の物語は別の本に移って、残り続けている。そうして、多くの人の心のなかにとどまる。人生を変えることもある。一生心に残ることもある。言葉とは不思議なものだ。

「そういえば、今日はもうひとりの生徒さんはどうしたんですか？」

弓子さんに訊かれ、はっとした。

「侑加ですか？　今日はちょっと……調子が悪いみたいで……」

小枝がもごもごと答える。

「繊細そうな子でしたよね。人には見えないものが見えるような」

弓子さんが言った。鋭いな、この人は。人を見る目がある人だ、と思った。

6

「あの本、素敵でしたね」

三日月堂を出て歩き出すと、小枝が言った。

「宮澤賢治全集のこと？」

「はい。古い本って、なんだかいまの本と違いますよね。表紙も布張りだし、綴じ方も、なかの紙も、印刷も……」

小枝が考えながら、ぽつりぽつりと言う。

「わたし、これまで『銀河鉄道の夜』をだれかが書いたものだって思ってなかった気がするんです。もちろん、宮沢賢治が書いたってことは知ってたけど、おはなしだけがこの世界にぽんと存在してるみたいに感じてた。でも、ちがうんですね。あの物語を書いた人がほんとにいたんだって、はじめてわかった気がしました」

なぜだろう、わたしも似たようなことを感じていた。宮沢賢治は、あの全集が組まれるより、ずっと前に亡くなった。だがなぜかあの本を見て、最初は人が書いたものだったんだと強く感じたのだ。

「作者はもうこの世にいないのに、作品は残っている。みんなに記憶されて、影響を与えて、いろいろに解釈されて……。でも、最初は作者の思いから生まれたものだった。宮沢賢治もわたしたちと同じように身体を持って生きていて、どうしても書き記したい思いを物語にした。そういうことだったんだな、ってわたしも思った」

空を見上げる。暗くなってきた空に、星が出はじめている。

少し沈黙が続いたのち、小枝が、あの、と言った。

「侑加のことなんですけど……」

「うん。気になってた。帰りに訊こうと思ってたのよ。なにかあったの？」

「あった、というか、ない、というか……」

小枝がもごもごと言葉を濁す。

「でも、もしかしたら、部誌の作品のことが原因かもしれない、って」

「あの作品ね。とてもいい作品だと思ったわ。村崎さんも読んだのよね？」

「はい。日曜の夜、急に送られてきて……。誤字をチェックしてくれ、って。かなり遅い時間だったし、ほかにやることがあったので、ちょっと困ったな、と思ったんです。侑加がいつも締め切りに遅れてくるのも気になってましたし……」

小枝が言った。文化祭に出すのは年に一度の特別号なので、わたしが取りまとめて印刷所で刷るのだが、日ごろの小さな冊子は部長が仕切って校内の簡易印刷機で作る。小枝がいつも原稿集めで苦労しているのは知っていた。

「待つのは辛いものね。気持ちはわかる」

「今回もさんざん遅れて、先生にも迷惑をかけて……それで、この時間に送ってきて、すぐに返事をくれ、って言われても……。少し腹が立って。でも、わたしがちゃんとやらないと、先生にもっと迷惑がかかると思って、読み始めたんです」

小枝がため息をつく。

「読み出してみたら、とてもいい作品で、すぐに引き込まれてしまいました。やっぱり侑加はすごい、って。けど、途中からなんだか辛くなってきて……」

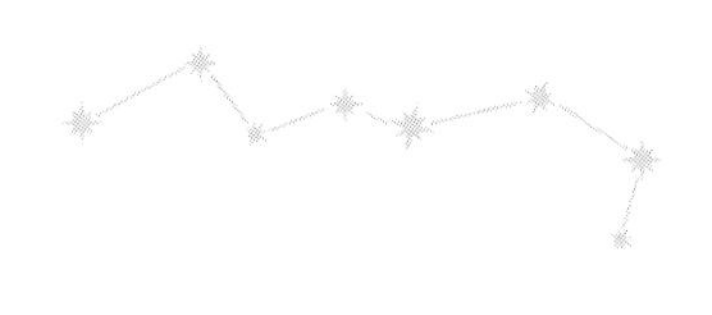

「どうして？」

「嫉妬……かもしれません。自分にはこんなの書けない。どうやっても、侑加みたいな作品は書けない。これが才能の差なのかも、って。なのに、こんなふうに誤字のチェックをしなくちゃならなくて……。だって、侑加はわたしの作品のチェックなんて、したことないんですよ。感想も、いつも、よかった、くらいしか言ってくれない」

小枝がうつむく。

「たしかに山口さんの作品には、ふつうの人のものにはない魅力があるわよね。でも、小説ってそれだけで書けるものじゃない。わたしは村崎さんには村崎さんにしかないよさがあると思うけど」

そう言うと、小枝が顔をあげた。

「村崎さんは謙虚なのよね」

「どういう意味ですか？」

「作品に、家族とか友だちとか、他人が出てくるでしょ。自分だけが大変で、自分だけがいろんなことをわかってる、っていうんじゃなくて、ほかの人の痛みや苦しみにも触れている。そういうことって、実は若いころにはなかなかできないことなのよ」

「そうなんでしょうか？」

「村崎さんの書くもののやさしさが好きっていう子もたくさんいるでしょう？」

「人それぞれだっていうのはわかっているつもりなんです。でも、侑加みたいな鋭さはない。今回の作品を読んで、置いていかれてしまった、って悔しくて。侑加の強さがうらやましかった。それで、いつもなら、誤字をチェックするときいっしょに感想を送るのに、機械的に誤字だけを送り返してしまったんです」

小枝がうつむいた。真面目で面倒見のよい小枝が少しかわいそうになる。

「ちょっと待ってたけど、侑加からはお礼のメールもなくて、なんだかむしゃくしゃして、眠ろうとしても眠れなくなってしまって。少し時間がたってみると、だからって、感想も書かずに送っちゃってよかったのかな、っていう気もして……侑加から返事がないのは、わたしの素っけないメールで傷ついてしまったからかも、って……」

堂々巡りが目に浮かぶ。

「村崎さんは、よくよく人の気持ちを考えるタイプなんだね」

「え？　そうでしょうか？」

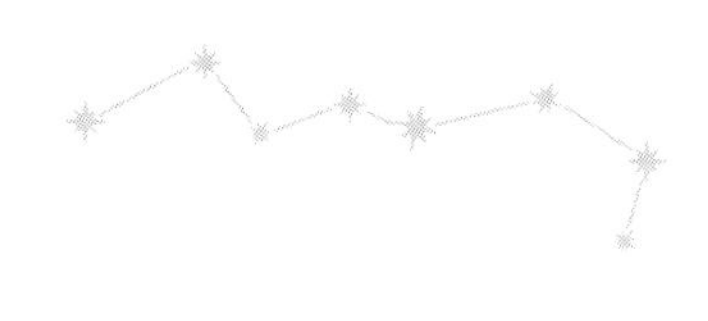

「わたしもそういうところがあるから、少しわかる」

くすっと笑うと、小枝の表情がちょっとゆるんだ。

これまでは言われるままに誤字をチェックし、感想を言っていたのに、急にそれが辛くなった。それだけ今回の侑加の作品が強かったというのもあるだろうが、ようやく小枝に競争心が芽生えたということかもしれない。小枝もまた、変わろうとしているのだ。

「侑加、よく言うんですよ。『こうやって部活で作品出して、みんなが褒めてくれたって、なんか欺瞞っていうか、友だちごっこにしか思えない。ときどき虚しくなる。自分なんて、自分の話しか書けないダメな人間なのに。こんなことなら、なにも書かずに一生黙っていた方がいいんじゃないか』って」

――わたしにはやりたいことなんてない。生きてる意味もない。

耳の奥にむかし聞いた言葉がよみがえって、びくっとした。

これは……泉の言葉だ。大学の演劇部でいっしょだった桐林泉。『銀河鉄道の夜』でカムパネルラを演じた……。

「侑加はもしかしたら、自分の作品をもっと真剣に読んでもらいたいのかもしれない。でも、そこでまたもどかしくなるんです。そんなの甘えじゃないか、って。なんで『なにも書かない方がいい』なんて言うんだろう、侑加みたいに書きたいけど書けない人がたくさんいるのに、って」

「たしかに山口さんの世界は独特だよ。人には見えないものが見えてるようなところもある。でも、彼女が強いかどうかはわからない」

　そう言うと、小枝が首をひねった。

「まわりから見て個性に映るものって、その人の世界への違和感から生まれるものなんじゃないかな。それが強いほど人を惹きつける。でも、本人にとっては苦しいものでしょう？　それに耐えられるほど強くはないかもしれない」

「すごいものが書けても、人として強いわけじゃないってことですか……」

「そうね。むしろ逆かも。人として脆いから強いものを書いてしまう」

　小枝が目を伏せ、じっと考え込んだ。

「先生、侑加の家のことって、なにか聞いてますか？」

「家のこと？　ううん」

　首を横に振った。

「ちらっと聞いたんです。だいぶ前からご両親がうまくいかなくなって、別居してる、って。暴力とかもあったみたいなんです。お父さんが家を出て、侑加はお母さんと元の家で暮らしてるから、担任の先生にもなにも話してないみたいですけど……」

「ほんと？」

初耳だった。

「侑加はそのことあまり話したがらないから、わたしもそれ以上は知りません。でもよく考えると、侑加の作品には理由のない暴力みたいなものがよく出てくる気がするんです。それを家のことに簡単に結びつけちゃいけないのかなと思って、いままでふれずにいたんですけど……」

小枝が息をついた。

「だとしたらかなり大変なことよ」

気づかずにいたのは教師として迂闊だった。今回の作品も、不穏な雰囲気が漂っていたのに、あのときどうしてもっとちゃんと話さなかったのだろう。わたしもまた、小枝と同じように踏み込むことを恐れていたのかもしれない。

「わたしにはなにも言えないです。なにもできないし……」

「でも、作品に書いて発表しているってことは、山口さんの心は閉じていないということなんじゃない？」

そう言うと、小枝ははっとした顔になった。

「気持ちをだれかに伝えたいということですか」

わたしをじっと見る。

「わたしは侑加にはなれない。侑加の思いを完全に理解することはできない。そう思ってました。でも侑加の書いたものを読むことはできる」

「それに、山口さん自身とはちがう光を当ててあげることもね」

「ちがう光……」

小枝がうつむく。

「感想、書くべきでしょうか」

「そうね。学校には来ているんだし、山口さんが部に出てこなくなっているのは、村崎さんと顔を合わせられないと思っているからかも」

「でも、見当はずれなことを書いてしまったら……」

小枝は不安そうな顔になった。

「でも、書いてみます。もしなにも伝えずに侑加が部をやめちゃったら、後悔すると思うから」

しばらくして、意を決したように言った。

7

小枝と別れて駅に向かい、電車に乗る。なぜか泉のことを思い出していた。

泉とは同学年で、大学時代同じ演劇部に所属していた。入部当時から目立つ子だった。黒髪でミステリアスな雰囲気を持ち、学内を歩いていると、だれもが振り返るほどうつくしかった。演技力も群を抜いている。すぐに注目され、顧問の教師からも特別扱いを受けた。おかげで一部の先輩から妬まれ、さらに学生同士の飲み会に誘われても出席しないため、つきあいが悪いと睨まれていた。

公演後の親睦会の誘いを断って先輩から叱責されたときも、泉は臆さず「自由参加ですよね」と切り返した。

――親睦を深めて、おたがいの信頼関係を高めることも大事なんじゃないの。

部長がそう諭したが、泉は取り合わなかった。

――わたし、仲良しごっこをするために部にはいったわけじゃありませんから。

そう言い捨てたのだ。

――飲み会で高める信頼関係になんの意味があるんですか。演技のうえでの信頼は、稽古で培えばいいでしょう。

泉はさらにそう言い、とりつくしまのない態度に部長も言葉を失った。

――わたし、こんな人と部活いっしょにしたくないわ。

二年生のひとりが言った。それを皮切りに、生意気だ、何様のつもり、という声があちこちから聞こえてきた。

――くだらないですね。わかりました。じゃあ、やめます。

泉は鼻で笑って言うと、部室を出て行ってしまった。

――ちょっとなに言ってるの？

――逃げるつもり？

泉が去って行ったあとも何人かが騒ぎ続けている。わたしは耐えられなくなって、こっそり部室を出た。遠くに泉の姿が見えた。追いかけて、走った。泉がはいって、演劇部の公演の人気があがった、と顧問の先生が言っていた。たしかに鼻につくところもあるが、泉の演技はすごい。人を惹きつける。だから、やめてほしくなかったのだ。

なんとか追いつき、息を切らしながら呼び止めると、泉は足を止め、振り返った。

――どうしたの？

驚いたような顔でわたしを見た。
——桐林さん、部をやめないでください。
一瞬迷ったが、結局そのまま直球で言った。
——え？　なんで？
泉は、ぽかんとわたしを見た。
——だって……演劇部のなかで、桐林さんはだれよりも存在感がある。魅力的だし
……演劇部には欠かせない人だと思う。
——でも、あの人たちはそう思ってないわけでしょ？　演劇部はあの人たちのもの
だよ。欠かせないものがなにかは、部員が決めることでしょ。あなたの言ってる
『演劇部』ってなに？　そんなもの、存在しないでしょ？
——でも……観客は……みんな桐林さんが出るのを楽しみにしてるし……。
——わからない。不特定多数のお客さんの話されても。ほんとにそんな人いるの、
って感じだし……。それに、だからってどうしてあなたがわたしを止めるの？
——え？
——あなたがわたしを止める理由ってなんなの、ってこと。お客さんとか抽象的な
『演劇部』とかじゃなくて、あなた自身はどうしてそう思ったの？

――それは……桐林さんの演技はすごくて、わたし自身、すごく刺激を受けたし、勉強にもなってるし……だから、これからもいっしょに……。

――あなたはいい子ちゃんだね。

そう言われ、わたしはぐっと黙った。

――ずっとお勉強してるタイプ。わたしには真似できない。

泉が鼻で笑ったように見えた。

――だけど、見てるとちょっとうらやましくなる。まわりの人のこと、みんなほんとはいい人だって信じてるんでしょ？　みんながあなたみたいに、がんばれば世界がもっとよくなる、そのためにがんばろう、って思えるタイプだったらいいのにね。でも、あいにくそうじゃない。みんな自分のことしか考えてない。

――なんでわかるの？

――わたしがそういう人間だからよ。

泉がくすっと笑った。

――桐林さん、どうして親睦会に行きたくないの？

どうしていいかわからなくなり、わたしは話を変えた。

――別に行ったっていいんだよ。行きたくないわけじゃない。ただ、その日は親戚

の命日で、お墓参りに行くってだけ。

――なんで？　ならそう言えばよかったのに。そしたらみんなわかってくれたよ。

――そうかな？　あの人たちはわたしが気に入らなくて、文句を言いたいだけだから。墓参りなんて嘘だとか言うだけなんじゃないの？　悪いけどもしそんなこと言われたら、わたし、絶対に許せなくなるから。

静かだが、強い口調だった。

――それに親睦を深める気がないのもほんとだし。無駄だよ、そんなの。

泉は笑った。その顔がすごく無邪気で、呆気にとられた。


結局、泉は部をやめなかった。逆に泉の悪口を言っていた数人が去っていった。

三年のときの大学祭で、演劇部は『銀河鉄道の夜』の公演を行うことになった。泉がカムパネルラ、わたしがジョバンニという配役だった。

顧問の推薦だったが、泉ははじめ、首を縦に振らなかった。「わたしはカムパネルラに向かない」と言って。説得され、結局は演じることになったのだが、練習のたびに泉は憂鬱そうにしていた。

泉のカムパネルラには不思議な魅力があった。光り輝いて前に出る魅力ではなく、ブラックホールに引き込まれるような魅力だ。顧問も、これこそカムパネルラだ、と感心していたし、泉がなぜ自分はカムパネルラに向かないと言ったのか、わたしにはよくわからなかった。

公演が近づくにつれて、泉の演技はますます凄みを増した。顧問から、わたしは素のままでいい、と言われていた。だが、泉の演技を見ていると焦りを感じた。とりあえず原作や台本を繰り返し読み、どの役のセリフも空でいえるくらい読み込んだ。できるかぎり一生懸命稽古もした。だが、泉には追いつかない。ほんとうにこれでいいのか、舞台に立てるのかと怖くなった。

本番の前日、わたしたちだけが残されて練習していたので、帰りは泉とふたりになった。ふたりきりになるのはあのとき以来で、なにを話したらいいかわからず、ただ黙々と歩いた。

――ねえ、遠田さん。『ほんとうのさいわい』ってなんだと思う?

いきなり泉に訊かれ、驚いて足を止めた。ほんとうのさいわい。『銀河鉄道の夜』のなかで、なんども問われる言葉だ。

――カムパネルラがザネリの代わりに死んだのは、正しいことだったと思う?

泉がぼんやり空を見上げる。

——むずかしいよね。ジョバンニはそれを肯定するけど、わたしにはまだわからない。カムパネルラが死んだことで悲しむ人もいるし。

だから、最後のセリフをどういう調子で言ったらいいかわからなかった。その日も顧問とその話をしていたのだ。顧問とわたしが話しているあいだ、泉はずっと黙っていた。

——わたしには双子の姉がいたの。

泉が言った。はじめて聞く話だった。

——双子だから顔はそっくりだったけど、性格は正反対。姉は明るくまっすぐで、みんなから愛されていた。わたしは内向的で、人とうまくやれない。姉はそんなわたしをいつもかばってくれていた。

なぜいまそんな話をするのかわからず、わたしはぽかんと黙って聞いていた。

——だけどね。姉は事故で死んだの。小学二年生のときにね。学校に行く途中で、ふたりで交差点に立ってた。そこに車が突っ込んできた。ほんとならふたりとも死んでたかもしれない。だけど、わたしは助かった。姉に突き飛ばされたから。

わたしは言葉を失った。呆然と泉の顔を見つめた。

——だからね、わたしをかばって死んだ姉がカムパネルラなんだ。わたしにはできない。あのとき動けなかったわたしは、カムパネルラじゃない。

だからだったのか、泉がカムパネルラを演じることを拒んだのは。

そのとき、はっと気づいた。

——もしかして、親睦会の一件のときに話してた、お墓まいりって……？

——そう。姉の。

泉がぽつんと答える。

——姉がいなくなったとき、自分が半分なくなった気がしたの。父も母も、明るかった姉が死んだことをすごく悲しんでいて。でもわたしは姉の代わりにはなれない。ずっと、わたしの方が死ぬべきだったと思って生きて来た。

——そんな……。

——演劇部にはいったのも、姉が女優に憧れてたから。姉の夢を叶えたかった。だけど、それはわたしのやりたいことじゃない。わたしにはやりたいことなんてない。生きてる意味もない。わたしの方が死ぬべきだった。いまでもそう思う。

——そんなことないよ。

わたしは反射的に否定した。

——そんなふうに思ってお姉さんが喜ぶはずがない。

――なんにも知らないくせに。

泉が苦い顔になる。

――桐林さんは桐林さんだよ。少なくともわたしは、桐林さんといっしょに演じられてうれしい。桐林さんとじゃなかったら、劇の内容もこんなに深く考えなかった。

必死で言ったが、泉はなにも答えなかった。

――わたしだって生きてる意味なんてわからない。みんなそうなんじゃないの？　でも、生きてる人は、生きなきゃいけない。自分の人生を生きなきゃ……。

なにが言いたいのかわからなくなり、そこで黙った。泉はなにも答えず、そのまま帰ってしまった。


次の日。本番の前に顔を合わせても、泉はなにも言わなかった。昨日なんであんなことを言ってしまったんだろう。わたしは後悔していた。泉は怒っているのかもしれない。差し出がましいことを言って、なにもわかっていないくせに、と。このままで演じられるのか、不安になった。

だが、舞台に立ち、幕があがると、いつのまにかそんなことはすべて忘れてしまった。

泉と演じていると、そこにほんとうに銀河鉄道が、りんどうの花が、北十字が、鳥捕りが現れるように感じた。わたしたちは銀河鉄道にいた。

舞台の終盤、ジョバンニの「けれどもほんとうのさいわいは一体なんだろう」という問いに対し、泉の演じるカムパネルラは一瞬、ほうっと気の抜けたような顔になった。

――僕わからない。

泉がセリフを言う。わたしははっと泉の顔を見た。

いつもの泉じゃない。声の調子も表情も練習のときの泉とはまったくちがった。途方に暮れたような顔で、ぼうっと宙を見上げている。

――僕たち、しっかりやろうねえ。

ジョバンニのセリフが口をついて出た。泉の様子に心を奪われたが、身体に染み付いていたのだろう。

泉の顔がみるみるふわっとゆるみ、泣きそうな子どもみたいになる。

泉じゃない。知らない顔だ。

わたしは食い入るようにその顔を見た。カムパネルラ。目の前にほんとうのカムパネルラがいる。

――あ、あすこ石炭袋だよ。そらの孔だよ。

カムパネルラが言った。

――僕もうあんな大きな闇の中だってこわくない。

わたしは言った。目の前にいるのが、カムパネルラなのか、泉なのか、泉の姉なのか、頭のなかでぐるぐる回って、もう倒れそうなくらい頭がちかちかして、そして、しん、となった。

――きっとみんなあのほんとうのさいわいをさがしに行く。どこまでもどこまでも僕たちいっしょに進んでいこう。

そう言ったとき、驚くほど頭のなかが澄んでいた。宇宙の闇のなかにひとりで立つように。くっきりした、確信のようなものが身体いっぱいに満ちていた。

――ああ、きっと行くよ。ああ、あすこの野原はなんてきれいだろう。みんな集ってるねえ。あすこがほんとうの天上なんだ。あっあすこにいるのがぼくのお母さんだよ。

――カムパネルラ、僕たちいっしょに……行こうねえ。

目に涙があふれはじめ、いっしょに、のあと一瞬言葉が詰まった。泉の目にも涙があふれていた。

ジョバンニにスポットがあたり、舞台全体が暗くなり、ふたたび舞台が明るくなってジョバンニが振り向くと、そこにはカムパネルラの姿はなく……暗転して、最後の川のシーンになった。

舞台が終わったあと、あのとき起こったことについて、泉もわたしもなにも語らなかった。なぜか語らなくてもいい気がした。わたしにははっきりとわかった。あのとき違う人のように見えた泉の姿。あれは、泉の姉だったんだと思う。

あのとき泉の姉は泉から離れ、天にのぼった。いまでもそう思っている。

泉ははっきりとそのときから変わった。絶対に女優になる、と決めて、演劇の道に積極的に進んでいった。自分がいない方がいい、というようなことも口にしなくなった。

わたしの方は、演じることに惹かれつつも、のりうつられることに怖さを感じるようになった。公演をひとつ終えると心も身体も疲れてぼろぼろになる。演じるにはきっと、もっと大きな器が必要なのだ。わたしには向かない。そうして、教員への道を歩み出した。

卒業してからも、泉は必ず公演の案内を送ってきてくれた。しばらくは毎回観に行っていたのだが、ここ数年忙しく、行けずにいた。そういえば、二週間くらい前にも案内が来ていた。

家に帰り、引き出しから封筒を引っ張り出す。チラシに泉の字で「この劇団で最後の公演になるかも……よかったら見に来てね」と書かれた付箋が貼ってあった。

8

翌朝、学校に着くと、靴箱のところに小枝が立っていた。昨日の夜、侑加への手紙を書いた、と言う。

「結局、明け方までかかってしまいました」

小枝ははずかしそうに言った。

「でも、なんとか……思ったことを書けた気がします」

「それで？　渡したの？」

「いえ。直接渡すのがはずかしくて……。朝、そのまま書きあがったものを持って、侑加の家まで行って、ポストに入れてきました」

侑加の家は、川越から電車で二駅。わざわざ電車に乗って侑加の家まで行ってから登校したということか。

侑加は来るだろうか。朝ポストに入れた手紙に気づくだろうか。もし手紙を目にすれば、午後からの準備に顔を出すかもしれない。

小枝は不安そうな顔で、じゃあ、午後にまた、と言って去っていった。

午後から文化祭の準備がはじまった。展示とワークショップを開催する教室に行くと、入り口の前に小枝が立っていた。

「山口さん、来た？」

そう訊くと、小枝は首を横に振った。

「来てません」

「そう……」

「見当違いだったのかも。わたしの自己満足で、よけい怒らせてしまったのかも」

いまにも泣きそうな表情だ。

「とにかく、いまは準備をしましょう」

小枝をうながし、教室にはいった。部員たちはもう作業をはじめている。

「栞、持ってきたわよ」

机に栞のはいった袋を置くと、作業中の生徒たちが、わあっとそばに寄ってきた。

自分の栞を探したり、おたがいの栞を見せ合ったり、しばらく大騒ぎだった。

「まずは壁面を作ってしまわないとね」

わたしは言った。まだ壁の半分くらいしか作業が終わっていない。黒い紙を貼ったあと、『銀河鉄道の夜』の章にしたがって壁面を分け、章タイトルを貼る。三日月堂で刷ってもらった栞を該当する章のスペースに貼る計画だった。ほかにも、入り口まわりの装飾や販売スペースの準備、活版印刷と『銀河鉄道の夜』の解説を模造紙に書く、などなど、浮かれている暇はない。

「山口さんは？　だれか、なにか訊いてない？」

「山口さん、今日は休みです」

侑加と同じクラスの子が言った。

「昨日までは学校には来てたんですけど、今日は学校も休んでます」

「そう」

不安になる。なにかあったんだろうか。

生徒たちを残し、わたしは職員室に戻った。侑加のクラスの担任を呼びとめ、侑加のことを訊いた。

「ああ、彼女、文芸部でしたね。今日は学校、欠席してます」

「どうかしたんですか？」

「両親が離婚したそうなんです。それで、今日引っ越しをするらしくて……」

「えっ？」

驚きで声をあげた。小枝から、家がうまくいっていないことは聞いていた。だが、まさか今日引っ越しとは……。

「いえ、わたしもびっくりしたんですよ。これまでそんな話はしてませんでしたし。今朝突然連絡があったんです」

「で、どうなるんですか、彼女」

「くわしいことはわかりません。彼女は母親といっしょに家を出るようです。でも、引っ越し先は通える範囲だから、学校をやめることはない、と……」

「そうですか……」

頭がぐるぐるした。最近部活を休みがちだったのも、小枝のことより、そちらが原因だったのかもしれない。

「あたらしい住所や連絡先などはもう届けがありましたが、そういうわけで、文化祭にも来られないかもしれません」

「わかりました」

うなずいたものの、しばらく呆然としていた。部員たちにはとりあえず伏せておこう。でも、小枝には話さなければ。でも、どう言えばいいのか。それに、今日引っ越しということは、小枝の書いた手紙はどうなってしまったのだろう。

「遠田先生」

教室に戻ると、早速生徒が駆け寄ってくる。

「壁はだいたいできたんですけど、これでいいでしょうか」

壁面係の子が言った。黒い紙のうえには無数に小さな銀のシールが貼られ、星空のようになっている。これを作るのにずいぶん時間がかかっていたのを思い出した。今は考えている場合じゃない。

「そうね。いいと思うわ。じゃあ、貼り始めましょうか」

そう言って、机のうえに栞を広げた。

三時過ぎ、弓子さんがやってきた。重い手キンの搬入のため、一番街の観光案内所でアルバイトをしている大西さんという大学院生と、川越でガラス工房を営む葛城さんという男性が手伝いにやってきた。

「うわあ、これはずいぶんがんばってるなあ」

展示物や飾り付けを見て、葛城さんが感心したような声をあげた。

「この壁、星空みたいで素敵ですね」

弓子さんも壁を見回して言う。

「章ごとの言葉がちりばめられてるんですね。すごいなあ。いいアイディアです」

大西さんにそう言われ、生徒たちはみんなはずかしそうに笑っていた。

中央の大机のうえに手キンをセットし、活字のケースを置く。噂を聞きつけたのか、ほかの部の生徒や、国語科の教師たちも様子を見にきた。校長までやってきて、弓子さんにいろいろ話を聞いている。

「本番の日は見に来ますよ」

帰り際、葛城さんと大西さんが言った。

「楽しみですね。この空間でワークショップができるなんて、うれしいです」

弓子さんも微笑んだ。

設営が終わったあと、小枝を呼んで、侑加の話をした。

「だから、明日も……たぶん文化祭のあいだも、山口さんは来ないかも」

「どうしよう、わたし、そんなときに、侑加に……」

手で顔を覆って、うつむく。小枝は泣いていた。
「村崎さんは知らなかったんだから、仕方がない。あたらしい住所はわかるから、落ち着いたら様子を見に行ってみよう」
言い聞かせてみたものの、わたしの心もざわざわと揺れていた。

9

ところが……。金曜の朝、教室で準備に取り掛かると、侑加がやってきたのだ。

「いろいろ、すみませんでした」

わたしのところに来て、いつになく神妙な顔で言い、頭をさげた。

「家ががたがたしてて、部活に出られなかったんです」

「たいへんだったんでしょう？　事情は少し聞いたわ。大丈夫？」

「はい。でも、今回きちんと離婚が成立したので……。むしろ、これからはよくなると思います」

しっかりした口調だ。両親のことを訊くのはためらわれたが、表情を見るかぎり、侑加自身は平静に見えた。

「みんなも……何日も休んでしまって、ほんとにごめんなさい」

ほかの生徒たちの方を向いて頭をさげる。きっぱりした態度だった。

「いいよ」

「大丈夫だよ」

少し戸惑った顔で、部員たちが口々に言った。侑加の様子から、ただごとではないと察したのだろう。小枝だけがぽつんと離れたところから侑加を見ていた。

「じゃあ、山口さんも作業にはいってね。販売コーナーの準備もあるし、ポスターも貼らないといけないし、今日も忙しいわよ。午後からはワークショップのリハーサルもあるから、ほかの準備はそれまでにできるだけ終わらせてね」

わたしが言うと、みな、はい、と言って、それぞれの作業に取りかかった。侑加は小枝には声をかけず、ポスター貼りにいった。小枝は少ししゅんとしていたが、後輩たちから販売ブースの作り方を訊かれ、いっしょに作業をはじめた。


一時半ごろに弓子さんがやってきて、しばらく準備をしたあと、ワークショップのリハーサルを行うことになった。店の人の役と客の役に分かれ、客の役の生徒は実際に活字を拾い、組み、印刷をする。店の役の生徒は客を案内し、できあがった

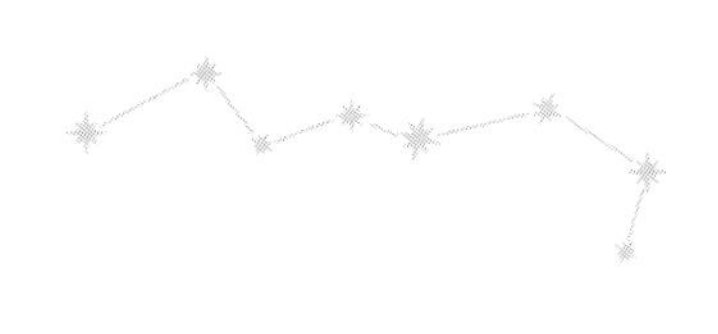

栞に穴を空け、リボンを通して結ぶ。終わったら役割を交代する。

手の空いた子からリハーサルに参加することになった。中に侑加もいた。先に客の役をするらしい。わたしは小枝たちと販売用の栞の整理をしながら、その様子を遠くから眺めていた。

みんな活字を見ながら、どうしよう、どうしようと騒いでいる。侑加だけ、迷いなく淡々と活字を拾っていた。みんながようやく組み始めたときに、できました、と言って立ち上がり、弓子さんのところに持って行った。

弓子さんが印刷用のケースに活字を組み込み、ネジで締めた。

「レバーを引いて」

弓子さんの声がした。侑加はうなずくと、弓子さんの指示通り、レバーをさげた。

「もうちょっと強く」

弓子さんが言った。侑加が両腕に力をこめる。

「こうですか」

「そうね、それくらいでいいわ」

侑加がゆっくりとレバーを戻す。弓子さんが印刷の終わった紙を取り上げ、侑加に手渡す。侑加は紙を見て、満足そうにうなずいた。弓子さんが次の紙をセットしようとすると、侑加がとめた。

「これは一枚でいいんです」

侑加がきっぱり言った。弓子さんは、そう、と微笑んで、紙を引っ込めた。

一枚でいい？　練習用の栞はひとり三枚まで刷ってもらえることになっていた。

なぜだろう、と思っていると、侑加が刷り上がった栞を手に、小枝の方に歩いてきた。

「小枝」

侑加が小枝を呼ぶ。栞を整理していた小枝が、驚いたように顔をあげた。

侑加が差し出した栞を不思議そうな顔で受け取る。

栞を見て、はっと目が開いた。

——読んでくれて、ありがとう。

横からのぞくと、そこにはそう刷られていた。

「あ……じゃあ……わたしの手紙……？」

小枝が途切れ途切れに訊く。

「読んだ。昨日、引っ越しで家を出る間際、なんとなく郵便受けが気になって、見に行ったんだ。そしたら、なかにこれがはいっていた。切手が貼ってなくて……」

侑加が笑った。

「びっくりした。どうやって届いたんだろうって。でも、すぐにわかったよ、小枝が家まで来て、入れていったんだって。ばたばたしてたからなかなか読めなくて、読んだのは夜中だった」

小枝が目を大きく開いたまま、侑加を見た。

「うれしかった。感想を書いてくれて。自信がなかったんだ、いつも。きっと、いままでもずっと小枝を頼ってばかりいたんだって、そのとき気づいた。小枝に読んでもらいたかったんだ、って」

小枝がうつむく。

「だけど、今日も……。ずっとそのこと言いたかったけど、なんだかはずかしくて言えなかった。いつもそうなんだ、自分のカッコのことばっか考えてる。ごめん」

小枝はなにも言わなかった。目の前にある栞を一枚手に取り、その隅に鉛筆でなにか書きはじめる。そして、侑加に差し出した。

侑加の目が大きく開き、ふるふるとふるえ、赤くなる。


ぼくはカムパネルラといっしょに歩いていたのです

栞にはそう刷られていた。小枝の選んだ一節。最後、ジョバンニが川で出会ったカムパネルラの父に言おうとして飲み込んだ言葉だ。

そして、隅に鉛筆で小さく文字が書かれていた。

これからもずっと読むよ

「ありがとう……ごめん……なんか、いつも、うまく……言えなくて……」

侑加がじわっと泣いた。

「いいよ。うまく言う必要なんかない。わからなくても、読むから。これからも」

小枝も泣いた。まわりはなにが起こったのか、とぽかんと見ていたけれど、そんなことにはかまわず、ふたりはしばらく泣いていた。


生徒たちが帰ってから、弓子さんと教室で最後の打ち合わせをした。

「いい展示ですね。『銀河鉄道の夜』の世界にいるみたいです」

弓子さんが教室を見回して言った。

「三日月堂の栞のおかげです」

壁面に貼られた栞を見る。

「活版の文字って、存在感がありますよね。ふつうの印刷よりくっきりしてるように見える。凹んでるせいかと思ってましたけど、三日月堂さんの印刷はそんなに凹んでないですね」

「ええ。活版っていうと凹むと思ってる方も多いみたいですけど、ほんとうは凹んじゃいけないんだ、って祖父が言ってました。本に印刷するとき、凹んだら裏側に出てしまうでしょう？」

「たしかにそうですね」

「文字がくっきりして見えるのは、凹みじゃなくて『マージナルゾーン』というもののせいだと思います」

マージナルゾーンというのは、印刷した文字や画像の縁にできる隈取りのような濃い輪郭のことらしい。凸部のインキが紙に移るとき、中央のインキが圧力により押し出され、像の周りにインキのはみ出し部分ができる。そのすぐ内側にインキが薄い部分ができるのだ。だから、像のまわりが縁取られたように見える。それが「くっきり」した印象を与える理由らしい。

「でも、印象が強いのは、文字自体の強さのせいじゃない。きっと、この言葉が素晴らしいんですよ。宮沢賢治の言葉の強さとうつくしさのせい」

壁を見ながら、弓子さんが言った。

三日月堂で見た全集のことを思い出す。あの本を作った活字はもうないかもしれない。宮沢賢治ももういない。でも、言葉はこうして残っている。宇宙のきらきら輝く星みたいに。

「『ほんとうのさいわい』ってなんなんでしょうね」

並んだ栞のひとつを指しながら、弓子さんがぼそっと言った。

「ええ。わたしもむかし……考えました。大学時代、演劇部で『銀河鉄道の夜』を演じたことがあったんです。わたしはジョバンニの役だった」

わたしはそのときの出来事を話した。泉という人のこと。泉の姉のこと。舞台の最後に泣いてしまったこと。弓子さんはじっと黙って聞いていた。

「あのとき、舞台で泉のお姉さんを見た気がしたんです。あれがなんだったのか、いまもわからない。興奮状態だったから見た幻だったんでしょうけど」

わたしは少し笑った。

「意外と、ほんとうにお姉さんが来ていたのかもしれませんよ」

弓子さんもふふっと笑った。

「あの生徒さんたちも、いろいろあったみたいですね」

「村崎さんと山口さんですか」

うなずいて、弓子さんは微笑んだ。

「そうですね。いろいろ……」

終わったわけじゃない。侑加のこれからには、まだまだ困難がある。小枝もわたしもそれを解決することはできない。でも、少しだけ寄り添うことはできる。

「『ほんとうのさいわい』がどういうものかはわからないけど……カムパネルラはザネリを救うために、とっさに川にはいったんですよね？　そうやって、だれかを救いたいという衝動が人のなかにある、そのこと自体が、希望のように思えます」

弓子さんの低い声が静かな教室に響いた。

——カムパネルラのうちにはアルコールラムプで走る汽車があったんだ。

——ああの白いそらの帯がみんな星だというぞ。

——こいつは鳥じゃない。ただのお菓子でしょう。

——何だか苹果の匂いがする。僕いま苹果のことを考えたためだろうか。

——いまこそわたれわたり鳥、いまこそわたれわたり鳥。

——けれどもほんとうのさいわいは一体なんだろう。

壁の文字たちがいっせいにささやきだした気がした。星がまたたくように。どんどんにぎやかに、でもそれがとても怖いものにも思えてくる。ばらばらの言葉になって壁に浮かんでいると、言葉の幽霊が夜空に浮いているみたいだ。

「今回の仕事、受けてよかったです」

弓子さんの声で我に返った。

「物語というのはすごいものですね。宮沢賢治というひとりの人がつむいだものが、こうやってあとの人たちの心になにかを残す。印刷にはそれを助ける力がある。印刷の仕事をしていてよかった、とあらためて思いました」

「そうですね」

「ときどき、不安になるときがあるんです。印刷って、真っ白な紙を汚す行為のような気がして。だけど、文字が刻印されることで、その紙に人の言葉が吹き込まれる。言葉を綴った人がいなくなっても、その影が紙のうえに焼きついている。祖父がよく言ってました。『生きているものはみなあとを残す。それも影のような頼りないものだけど』って」

生きているものはみなあとを残す。人と人もそうだ。かかわりあえば必ずあとが残る。

「それに、この仕事を通して、あの全集を見返すことができました。あの本を読むのは、とても……しあわせな時間でした」

弓子さんがじっと目を閉じた。

「しあわせ……？」

本を読むしあわせとはちがう特別の思いがこめられているように感じた。

「あの全集、あちこちに書き込みがあったでしょう？」

「ええ。あれは、お父さんの……？」

「そうです。なんだか、時間を超えて、若いころの父に出会ったような気持ちになりました。わたしが知ってる、父親になったあとの父じゃなくて、まだ結婚する前の、いまのわたしより若い父と会話しているようで……」

「なんとなくわかります」

くすっと笑った。わたしも今回、むかしの台本を引っ張り出して、何度か読んだ。そこにある自分自身の書き込みを見て、何度も不思議な気持ちになった。

「そういえば、そのお父さまは……いまどうされているんですか？」

なんの気なしに訊いた。

「亡くなりました」

弓子さんの静かな声に、びくんとした。

「去年、亡くなったんです。うちは、母が子どものころ死んで、ずっと父に育てられてきたんですが……去年、病気で……」

弓子さんが顔を伏せる。

「ごめんなさい」

訊いてはいけないことを訊いてしまった。弓子さんはどう見てもわたしより若い。お父さまもそこまで高齢ではないだろう。それに、子どものころお母さまが亡くなっているとは……。そうしたら、この人はいま……。弓子さんをじっと見た。

——いまのわたしより若い父と会話しているようで……。

さっきの弓子さんの言葉が、とつぜんずんと胸に響いた。

「いえ。大丈夫です。こうして人に話すことで……わたしもお別れをしていかなくちゃならない」

顔をあげて微笑む。だが、目尻に涙がにじんでいた。

「少しでもあとが残っているとうれしいものですよね。だから、印刷の仕事、続けよう、と思って」

弓子さんは栞の並んだ壁を見た。

貼られた文字ひとつひとつが星のようで、天の川みたいだ、と思った。

10

家に帰ると、出しっぱなしになっていた泉の公演のチラシが目にはいった。思い立って、泉にメールした。チケットの取り置きをお願いするとともに、「この劇団最後の公演」というのがどういう意味か尋ねた。

すぐに返事が来た。「わたしはあいかわらず頑固だから、いまの劇団でもしょっちゅうもめている。つくづく集団作業が向いていないのかも。この公演を最後に劇団をやめて、しばらくひとりで朗読をやってみようかと思っている」と書かれていた。泉はまだまわりとぶつかっている。自分の道を探している。

最後に「『銀河鉄道の夜』の舞台のことはいまでもよく覚えてる。あれは不思議な体験だった。いろいろな意味で、真帆には感謝している」と書いてあった。感謝している。なんだか意外な気がして、くすっと笑った。

文芸部の展示は好評だった。ワークショップにもたくさん人が訪れた。終わりの時間が近づき、人の波も一息ついたとき、弓子さんにお礼を言った。

「大盛況でしたね」

用意した紙ももうほとんどなかった。

「むかしの技術ですから、関心を持ってくれる人がいるのか少し不安でしたけど」

弓子さんが微笑む。

「この体験で印刷に対する見方が変わった、と言ってた方もいましたよ」

「できあがったものを見るだけじゃ、伝わらないこともありますよね」

弓子さんがうなずく。

「わたしもお客様の感想を聞いて、自分では忘れてしまったことをたくさん思い出して、勉強になりましたし。遠田先生が誘ってくださったおかげです」

「それと……あのふたりですね」

ちらっと販売ブースを見る。村崎さんと山口さんが笑ってお客様と話している。ふたりとも少し大きく、頼もしくなった気がした。

「これからも、ときどきワークショップを開いてもいいんじゃないですか？　あのお店で定期的に開催するとか……」

「そうですね。考えてみます」

弓子さんがにこっと笑った。

「わたしも……一枚、刷ってみようかな」

少しだけ残っている紙を見て、わたしはつぶやいた。

「どうぞどうぞ」

弓子さんにうながされ、椅子に座る。箱のなかの活字をじっと眺めた。

ジョバンニの最後のセリフ「カムパネルラ、僕たちいっしょに行こうねえ」。もし刷ることがあるならこれにしよう、と前から決めていた。一文字一文字、活字を拾う。小さな小さな文字をひとつずつ並べていく。

組み上がり、弓子さんのところに持って行く。並んだ文字を見て、弓子さんが微笑んだ。印刷機にセットし、レバーを引く。重い。弓子さんに言われるまま、ぎゅうっと強くレバーを引いた。

カムパネルラ、僕たちいっしょに行こうねえ。

紙に黒い文字が刻まれていた。

胸がいっぱいになった。舞台でそう言って振り返ったとき、カムパネルラはもういなかった。セットの黒い椅子を見ながら、泉の姉が旅立った、と感じた。

みんな失ったものを抱えて生きている。

栞を手渡される。今度公演のときに持って行って、泉に渡そう、と思った。

黒い文字がひとつひとつ星になって、自分のなかに染み込んでくるようだった。

ひとつだけの活字

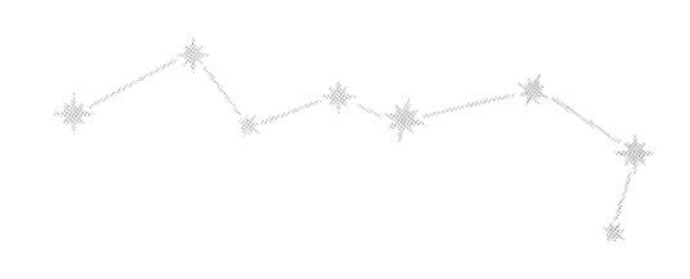

1

「ずっと川越に住んでたのに……。印刷所があるなんてちっとも知らなかった」

一番街から細い道に曲がったところで、わたしはつぶやくように言った。

「あまり人が来ない通りですからね」

大西くんがぼそっと言う。ほかに店のない、細い通りだった。

「むかしからあったの?」

「三日月堂は何十年も前からあったそうです。弓子さんが戻ってきてお店を再開してからは一年も経ってないですが、もともとはお祖父さんがやってた印刷所で……」

大西くんは大学の一年後輩。いまは大学院生で、川越の観光案内所でアルバイトをしている。ゼミで知り合い、同じ川越在住と知ってなんとなく親しくなった。

わたしは卒業後一年就職浪人したあと、一昨年から川越の市立図書館で司書をしている。

十一月の初めごろだったたか、たまたま通りかかって観光案内所に寄ったとき、大西くんから名刺をもらった。シンプルだが、どこかふつうと違う。文字に独特の風合いがある。どこかで見たことが……と考えていて、あっ、と思った。

――もしかして、これ、活版印刷？

――はい、そうです。ちょっと高いから院生には分不相応かな、と思ったんですが……なんだかどうしても作りたくなっちゃって……。

大西くんは照れ笑いをしながら言った。

――でも、よくわかりましたね、活版印刷だって。印刷、くわしいんですか？

――そういうわけじゃ、ないんだけど……。

言葉を濁した。

――前にほかで見たことがあって……ちょっと気になってたから……。

――そうなんですか。最近、ちょっと流行ってますもんね。若い人が活版印刷に取り組んでるのが紹介されたり、イベントがあったり……。

大西くんの言葉にちょっと複雑な気持ちになり、そうね、とあいまいにうなずく。わたしが見た活版印刷は、そういうのじゃないんだけどな。祖母の顔を思い出して少しぼんやりしていると、大西くんが、そうだ、と言った。

――実は今度、鈴懸学園の文化祭で活版ワークショップがあるんですよ。この名刺を刷った三日月堂って印刷所の人がやるんですけど、僕も少し手伝うことになってるんです。よかったらいっしょに行きませんか?
——ワークショップ?
活版印刷。祖母から少し話は聞いていたが、よく考えてみると、実際にどんなことをするのか、なにも知らない。祖母だって、印刷所を見たことはなかったはず。ちょうど休みだったし、いっしょに行くことにした。

文芸部の『銀河鉄道の夜』に関する展示と、活版印刷の体験ワークショップの合同企画だった。星空を模した壁に、ストーリーに沿って『銀河鉄道の夜』の一節が刷られた栞が展示され、そのなかで活版印刷を体験できる。

三日月堂という印刷所の店主さんは若い女性で、わたしより年上と聞いていたが、そんなに変わらないように見えた。あんな人が印刷所を……と少しびっくりした。

わたしも実際に活字を並べ、栞を作った。「手キン」と呼ばれる機械のレバーを引く。紙の上に本のようにきれいに並んだ文字が現れたときは、思わず、わあ、と声が出た。本ってむかしはこんなふうにして作られてたんだ、と感動し、うちの図書館でもこういうイベントができたら、とうらやましく思った。

なんだかなつかしくなって、家に帰ってから押し入れを開けた。古い木の箱を取り出す。蓋を開くと、むかし祖母からもらったお年玉袋が出てきた。

わたしは来年三月に結婚を控えている。結婚相手の宮田友明も川越出身で、小学校時代の同級生だった。でも、そのときから仲がよかったわけではない。むしろ天敵。クラスでもっとも苦手な男子だった。

それが大学にはいって偶然キャンパスで再会した。友明は押しが強く、交友関係をどんどん広げていくタイプだった。はじめは避けていたが、いつのまにか友明のペースに巻きこまれ、付き合うようになっていた。

今回の結婚も、友明が来春から海外赴任と決まり、向こうに行く前にどうしても、と言って決まったことだった。わたしはようやく司書の仕事に慣れたばかり。辞めるのは嫌だったし、親もまだ早いのでは、と少し反対した。

でも祖母だけは結婚を勧めた。病気で、もう先が長くないと医師に宣告されていた祖母。おばあちゃんの時代とは違うんだよ、わたしだって自分の仕事は大事なんだ、と主張したが、仕事はいつだって探せる、でも人の縁はそうそう見つかるものじゃない、と笑って言った。

お年玉袋の下には、祖母の遺品の活字のセットがはいっている。

祖母の家は戦前は活字屋を営んでいた。空襲で店が焼け、祖母の父は祖母が生まれる前に戦争に行き、帰らなかった。だから、祖母は活字屋を見たことはないし、活字屋を営んでいた曽祖父とも会ったことがない。でも、曽祖母が亡くなったとき、遺品の活字セットを受け継ぎ、毎年わたしたち孫へのお年玉袋に、その活字で名前を押してくれていたのだ。

大西くんの名刺の文字を見たとき、お年玉袋の文字を思い出した。祖母のお年玉袋は、祖母がゴム印のように一字一字押していたから、曲がったり、字間が不揃いだったりしていた。大西くんの名刺の文字は、同じようなあたたかみを持ちながら、きっちり整然と並んでいた。

こんなふうに印刷できるんだ。そう思うと同時に、この活字を結婚式の招待状に使えないだろうか、と思いついた。それで大西くんに頼んで、三日月堂に連れて行ってもらうことになったのだ。

結婚式のことでは、大西くんにずいぶん世話になっていた。会場を紹介してくれたのも大西くん、正確に言うと、大西くんの勤める観光案内所の建物に同居している川越運送店のハルさんという人だった。

大西くんが「自分が知ってるなかでいちばん川越の街に精通している人」と言っていたハルさんは、友明とわたしを見るなり「きっとあそこがいいと思うわ」と言って、川越の「ヤマザクラ」という会場を紹介してくれた。

「ヤマザクラ」は木造の老舗料亭を改築したレストランだった。大広間はひとつだけなので、結婚式などのイベントは一日一組だけ。純和風の木造建築。大広間からはうつくしい中庭が見渡せる。友明もわたしも一目で気に入った。下見を兼ねてレストランのランチに行ってみると、とてもおいしかった。

友明の仕事関係の知人のことも考えて東京の会場も候補にあげていたのだが、「ヤマザクラ」以外には考えられない、ということになった。

「ここですよ」

大西くんが立ち止まる。

目の前に「三日月堂」という看板があった。

入り口のガラス越しに棚が見えた。壁一面、床から天井まで黒い金属の小さなブロックのようなものが詰まっている。活字だ。こんなにたくさん……驚きで声も出なかった。

2

すずかけ祭のときのことは、弓子さんも憶えていてくれたらしい。

「すごく丁寧に作業されていたでしょう？　きっと几帳面な方なんだろうなあ、と思って見てたんですよ」

弓子さんがにこっと笑う。はずかしくて、ごまかし笑いしてしまった。

たしかにそうだった。最後はこちらできちんとそろえますよ、と弓子さんに言われたけれど、思った通りの形にしたくて、文字の間に入れる「込め物」というもののことを訊いたりして、整えるのにもずいぶん時間がかかった。

「それで、今日はどういう……？」

弓子さんが訊いてきた。

「はい。お願いしようかと思っていることがあるんですが、その前に見てもらいたいものがありまして……」

「なんでしょう？」

「実は、うちには古い活字があるんです」

そう言って、カバンから袋を出す。祖母の活字を二、三字だけ持ってきたのだ。

「わたしの曽祖父……ええと、母方の祖母の父のことなんですが、むかし活字屋を営んでいたみたいなんです」

「活字屋？　ってことは……ここと同じ？」

大西くんが弓子さんの方を見る。

「活字屋は……こことは違います」

弓子さんが静かに言った。

「うちは印刷屋。活字を組んで印刷する店です。活字屋というのは、活字を鋳造して販売している店。自前で活字を作っている印刷所もあるし、活字屋で印刷を請け負っているところもありますから完全に線引きはできませんけど。うちの活字も活字屋さんで買ってるんですよ」

「活字屋さんっていうのも、まだ存在してるんですね」

「ええ。数は少ないですが、まだあります」

「じゃあ、雪乃さん、名刺を見たとき活字に関心があるって言ったのは……」

大西くんがちらっとわたしを見る。

「ええ。でも、わたし自身は活字のことも印刷のこともなにも知らないんです。曽祖父が活字屋をしてたのは戦前の話で……。銀座の『平田活字店』っていうお店です。でも、曽祖父は祖母がまだお腹のなかにいるときに戦争に行って戻りませんでした。だから、祖母は曽祖父に会ったことがないし、お店も空襲で焼けちゃったので、活字の仕事も知らないんです」

袋の口を広げ、活字を取り出す。

「これは……五号ですね」

活字を手にとり、弓子さんが言った。

「五号？」

大西くんが訊く。

「文字の大きさです。『号』というのは日本独自の単位で、初号、二号、五号、七号……って、数字が大きくなるごとに文字は小さくなる。五号は10・5ポイント。『ポイント』はアメリカの単位で……。五号は本文用の文字の標準の大きさです」

弓子さんが言った。

「そういえば、ワープロの標準文字サイズは10・5ポイントですよね」

大西くんが訊く。

「そうですね。ちなみに、ルビっていうのは七号のことで……。むかしは6・5ポイントの活字をエメラルド、5・5ポイントをルビー、5・0をパール、4・5をダイヤモンドって呼んでいたらしくて、五号のふりがなには七号を使うことが多くて、これがだいたい5・5ポイントと同じ大きさだったから、ルビって言われるようになったみたいです」

「そうなんですか」

大西くんが感心したようにうなずいた。

「これは……これしかないんですか？」

弓子さんがわたしの方を向いた。

「いえ、ひらがなとカタカナがひとそろいずつあります。ふつうのと、濁点・半濁点がついたのと、小さい『や』『ゆ』『よ』と『つ』と……」

「それだけ焼け残ったんですか？」

「いえ。祖母の話だと、空襲から逃げるとき、必死でひらがなとカタカナのケースだけ運び出したらしいんです。お店は全焼で活字も機械もなにも残らなかった。曽祖父も戦死してしまってお店を再興することもできなくて、曽祖母は子ども三人……祖母とふたりの兄を連れて実家に戻ったそうです。運び出した活字も処分するほかなかったのですが、ひらがなとカタカナそれぞれ一セットだけ手元に残した」

「それをお祖母さまが受け継いだんですね」

「はい。二十年ほど前、曽祖母が亡くなったあと、家を処分することになって、兄たちといっしょに家のなかのものを整理していたときに出てきたんです。捨てるって話も出たんですけど、活字は産業廃棄物だから捨てるのがややこしい、とかいろいろあって……」

「そうですね、鉛の合金なので、不燃物扱いにはできないんですよ」

弓子さんが言った。

「祖母は曽祖母がそれを大事にしていたのを知っていたので、自分が引き取ることにしたみたいです。祖母は、ふたりの兄と違って曽祖父の顔を見たことがなかった。写真も残っていなかったので、まったく知らないんです。だからこそその活字に思い入れがあったみたいで……」

兄ふたりも幼かったから、父の顔をはっきり覚えているわけではない。それでも見たことはある。抱いてもらった記憶もある。それがうらやましかったのかもしれない、と祖母は言っていた。

しばらくは飾っていただけだったが、あるときもしかしたらゴム印用のスタンプ台で押せるかも、と思い立った。試してみると、ちゃんとできる。それで、お年玉袋に孫の名前を押すようになったと言っていた。

——ゆきの
お年玉袋に押された文字は、手で押しているから、毎年少しずつ違う。間隔が空いていたり狭かったり、まっすぐだったり曲がっていたり、薄かったり濃すぎてにじんでいたり。祖母からもらったお年玉袋だけは、ずっと捨てられずにいた。

「それで……雪乃さんのお祖母さん、先月亡くなったんですよね」

大西くんがためらいながら言う。わたしは小さくうなずいた。

「もう病気で長くないってことは聞いていたんですが……」

少し息をついた。

「実はわたし、三月に結婚を控えているんです。祖母はそのことを心待ちにしていて……。そろそろ結婚式の招待状について考えなくちゃ、と思ったときに、この活字のことを思い出したんです」

わたしは思い切って言った。

「じゃあ、もしかして、この活字で招待状を……?」

弓子さんが目を見開いた。

「いえ……ひらがなとカタカナだけしかありませんから、これで招待状の全文を作るのはもちろん無理だと思うんです。でも、なにかに使えないかな、って……」

だんだん声が小さくなる。仮名文字しかないのに、どうやって使うと言うのか。

「でも、まずはこの活字が使えるものなのか、それを知りたかったんです」

「そうですね、見たところふつうの活字ですから、使うことはできると思いますよ。

ちょっと見せてもらっていいですか？」

弓子さんはかたわらの机からルーペを取り出し、活字の文字の部分をじっと見た。

「ただ、細かい欠けがあるかもしれませんし、字が磨耗して潰れていることもあります。実際に印刷してみないとなんとも……」

弓子さんが言う。

「だけど、どうやって使うんですか？　あるのは仮名文字だけなんですよね？　それじゃ文章を作ることはむずかしいんじゃ……」

大西くんが首をひねった。

「亡くなった祖母は、毎年スタンプでお年玉袋に名前を印字してくれてたんです」

「それは素敵ですね」

弓子さんが言った。

「そうか。全文を作ることはできなくても、雪乃さんと宮田先輩の名前だけ、デザインとして印刷することはできますよね。ゆきの、ともあきって」

大西くんが思いついたように言う。

「ともあき？」

弓子さんが大西くんに訊いた。

「はい。雪乃さんの結婚相手の名前です。宮田友明」

「だとすると、お名前を並べて印刷するのはむずかしいかもしれません」

弓子さんが言った。

「どうしてですか？」

大西くんとわたしの口からほとんど同時に質問がこぼれた。

「『ゆきの』と『ともあき』。おふたりとも『き』の字がはいっていますよね。でも、活字セットに『き』はひとつしかないでしょう？」

祖母はハンコみたいに一字ずつ押していた。だから、同じ字を繰り返し押すことができた。だけど印刷機で刷る場合は……。ワークショップのときのことを思い出した。活字を並べて枠にはめこんで使うのだ。つまり、ひとつの字を一度ずつしか使えない、ということだ。

「二回に分けて刷ればできないことはありません。でも、招待状ですしねえ。お名前をひらがなで刷ると言っても、どこにどうやって配置するのか……」

弓子さんが首をひねる。

「やっぱり、むずかしいでしょうか」

声が小さくなる。

「あれ、そういえば……。雪乃さん、活字のこと、宮田先輩に話しましたか？」

とつぜん、大西くんが訊いてきた。

「ううん、まだ。使えるかどうかもわからないから。どうして？」

「昨日、友明先輩から、金子の連絡先を訊かれたんですよ」

「金子くん？」

金子くんは大西くんと同学年で、同じゼミだった。

「携帯変えたときに連絡先をなくしちゃったとか。金子、デザイン事務所で働いてるでしょう？　それで、招待状のデザインを金子にお願いしたいって……」

「そうなの？」

知らなかった。なんで相談してくれないの、と一瞬思ったが、わたしだって友明に相談せずに三日月堂に来てしまった。友明も、金子くんが引き受けてくれるとわかってから話そうと考えたのだろう。

「とりあえず、相手の方と相談してみた方がよさそうですね」

弓子さんがくすっと笑った。

「すみません。よく考えもせずに……」

申し訳なくて頭を下げた。

「いえ。それは気にしないでください。わたしも古い活字のお話を聞けてうれしかったです。お年玉袋に名前を押していたお祖母さまの話も素敵でした。招待状に使えなくても、なにか使い道はあると思いますし、また遊びに来てください」

落ち着いた声で言われると、ほっとすると同時にはずかしくなった。

3

三日月堂を出るとすぐ友明にメッセージを入れた。まだ仕事中かもしれないから、電話をかけるわけにはいかない。「大西くんから招待状を金子くんに頼むという話を聞いたけど、ほんと?」と送ると、すぐに返事が返ってきた。

——うん。金子の返事を聞いてから話そうと思ってたんだけど、持ちかけてみたら、引き受けてくれそうな感じだよ。金子もけっこう売れっ子になって忙しいみたいだけど、先輩の頼みなら、って。ただ、職場との兼ね合いがあるから、正式な返事は二、三日待ってくれ、って。

「やっぱり、金子くんに頼んでたみたい。やってくれそうだって」

大西くんに言った。金子くんは大学時代からデザイナー志望で、大学に通いながら専門学校にも行っていた。友明はそういう金子くんを応援していたから、このところの活躍をすごく喜んでいた。彼なら招待状もよいものを作ってくれるにちがいない。

「金子のデザイン、すごくいいですからね。でも、ちょっと……」

大西くんが言葉を濁す。

「なに？」

「いえ、雪乃さんの活字の方も、捨てがたかったなあって」

自分の気持ちを言い当てられたような気がして、身体が少し固まった。

「でも、仮名文字一組しかないんだし、無理だよ。それに、よく考えたら、結婚式の招待状を活版印刷で組んだら、古めかしい招待状、って感じになるだけかも」

金子くんのデザインなら、ほかにないおしゃれなものができるだろう。

「たしかに古典的かもしれませんけど……。でも、三日月堂の印刷も、いわゆる今風のデザインっていうのとは違うんだけど、意外に新鮮っていうか……」

大西くんはうまい表現が見つからないのか、視線を宙に漂わせた。

「弓子さんって、お客さんが心の奥底で感じていることを目に見える形にする不思議な力がある気がするんですよ。ハルさんもそう言ってました」

川越運送店のハルさん。「ヤマザクラ」を教えてくれた人。あの人が言うなら、そうなのかもしれない。

「でも、今回は友明が金子くんを思いついた方が早かったし」

自分に言い聞かせてるみたいだ。話している途中でふとそう思った。

——金子のデザインって、すごく軽やかで、親しみやすいと思うんだ。洗練されていて、でも冷たすぎない。あの感じ、好きだなあ。

いつだったか、友明がそう言っていたのを思い出した。知的で、おしゃれで、少しかわいい。そういうものと比べると、活字という古い道具は、ちょっと野暮ったく、重たいもののようにも思えた。

「それに、あの活字の話が印象的で……。雪乃さんの家のルーツにもからむものでしょう？　それを結婚式に使うって、いいアイディアだなあって思ったんですよ」

大西くんが残念そうに言った。

その夜、弓子さんから電話がかかってきた。

「『平田活字店』のことがわかりました」

少し興奮したような声で弓子さんが言った。

「曽祖父の店のことですか？」

「はい。いつも活字を買っている店に用事があって、さっき電話したんです。その店も銀座にあるので、もしかして、と思って『平田活字店』の名前を出したら、知ってる、って」

「ほんとですか？」

弓子さんによると、弓子さんが活字を買っている『大城活字店』は明治創業。いまの店主は戦後生まれだから直接は知らないが、先代は戦前の銀座の同業者にくわしく、『平田活字店』のこともよく話していたらしい。

「それで、実は近々活字を買いにその店に行かなくちゃならないんです。雪乃さんもいっしょに行きませんか？」

とつぜんの誘いに驚いた。

「いいんですか？　でも、あの……今回の招待状の件は……」

仕事をお願いするわけでもないのに、と申し訳ない気持ちになる。

「いいんです。仕事とは別に、なんとなく他人事と思えなくて……」

弓子さんはそこで言葉を止めた。

「わたしも祖父の店で仕事をしてますから。活字店だった雪乃さんの曽祖父さまの話や、活字セットを大事にとっておいたお祖母さまたちの話も、他人事ではない気がするんです」

「そうでしたか」

「それに、むかしの活字店の話もおもしろそうで……『大城活字店』の店主さんは物知りで、すごく話が上手な方なんですよ。いつもは買い物ついでに少しお話をうかがうくらいなんですが、今回電話でお話を聞いたら、興味がわいてきて」

弓子さんの弾むような声を聞いていると、わたしも活字店の仕事がどんなものか知りたくなってきた。

「一組しかない活字のセットっていうのも、なんとなく、ロマンチックっていうか、謎めいてるっていうか……。すごく魅力的ですよね」

弓子さんがくすくすっと笑った。

ほんとだ。小さいころからよく目にしていたから慣れっこになっていたけれど、もし人の家のものだったら、わたしだってそう思うかもしれない。

「ファンタジーなんかでよくあるじゃないですか。家にしまわれていた道具が魔力を持っていて……みたいな……」

弓子さんが少し夢見るような口調になった。

「あ、ごめんなさい、子どもっぽいことを言ってしまって。でも、古い道具って、なにかそういうことを思わせるような力があるんですよ」

三日月堂の活字の棚や印刷機を思い出した。たしかにあそこには魔力が宿っていそうだ。くすっと笑いそうになる。そして、そんな話をする弓子さんに親しみを感じた。

「ではお願いします。わたしも今度は活字セットを全部持ってうかがいます」

思い切ってそう答えた。今週は十一月最後の週なので、わたしが勤めている図書館は金曜は休館、司書も休みになる。それで、金曜の午後、弓子さんといっしょに活字店に行くことになった。

4

地下鉄の階段をのぼり、銀座の交差点に出た。空が真っ青だ。

銀座に来るのは久しぶりだ。でも、祖母が元気だったころはよく来ていた。祖父が生きていたころ、一族で集うときはたいてい銀座で、祖父が亡くなってからも、母と三人でときどき銀座に来た。なにを買うわけでもないけれど、デパートを見て、いつもの中華料理屋で食事をした。祖母は、きらきらしたショーウィンドウを見てると若いころを思い出すの、と言って笑っていた。

銀座を歩いていたとき、曽祖父の活字店は銀座にあった、どこにあったのかはわからないけど、と祖母がつぶやいていたことがあったのを思い出した。

でも、なんで銀座なんだろう。こんな華やかな街に活字店があるというのが、どうもぴんと来なかった。

約束の場所に着くと、弓子さんはもう来ていた。ダッフルコートにチノパン。化粧っ気もなく、髪もうしろに束ねただけ。川越にいるときと変わらない。

弓子さんはすぐ歩き出し、裏道にはいった。ビルが立ち並んでいるのは表通りと同じだが、派手なお店は少ない。

「あの」

黙々と歩いていく弓子さんに話しかける。

「これから行く活字店……『大城活字店』さん、でしたっけ？　たしか、明治創業っていうお話でしたけど、むかしから銀座にあるんですか？」

「え？　ええ、そう聞いてますけど」

「なんで銀座なんでしょう？　曽祖父の活字店も銀座でしたし、むかしは活字店が

たくさんあったってことなんでしょうか？」

「そういえばそうですね。どうしてかしら？」

弓子さんも首をひねる。

「ああ、あそこです」

弓子さんが指差した。二階建ての小さな建物が雑居ビルにはさまれている。一階は一面ガラス戸で、なかが透けて見えた。

「こんにちは」

弓子さんがガラス戸を開けながら言った。古い木の壁に木のカウンター。その向こうの大きな木の棚に整然と詰まった薄い木の箱。いきなりタイムスリップしたような気持ちになる。きっとあそこに活字が詰まっているんだ、と思ったら、どきんとした。

「ああ、こんにちは」

店の奥から店主さんが顔を出し、よく通る声が響いた。

「そちらの人が『平田活字店』のひ孫さん？」

わたしを見て、にっこり笑った。

「へええ。これが『平田活字店』さんの……」

店主さんはわたしが持ってきた活字を一本ずつ取り上げ、ルーペで見た。

「『平田活字店』さんはけっこう大きな店でね。文字もきれいで品揃えがいいって、繁盛してた。そうそう、むかしこのあたりには活字店や印刷屋がたくさんあったんだよ」

「どうしてなんですか？」

「ああ、それはねえ」

店主さんがにこにこ笑う。

「いまの若い人たちは知らないだろうけど、むかしは有楽町に都庁があったんだよ。役所が集中してたから、公文書の印刷の仕事がたくさんあった。うちみたいな活字店や印刷屋が集まって、役所の文書を作ってたんだよ。都庁が移転して、ほとんどなくなっちゃったけどね」

「役所……なるほど。そうだったんですね」

弓子さんがうなずいた。

「むかしは三Kっていうのかね、納期が厳しくて徹夜は続くし、汚れるし、活字は鉛で作るから有毒だし……っていうんで、人が嫌がる仕事だったんだよ。いまは弓

子さんみたいな、すっきりしたお嬢さんが印刷所をしてたりするけど」

店主さんは笑った。

「パソコンが普及して、安い印刷所がたくさんあるしね。出版社でも、活版使うところなんてもうほとんどない。だけどいまになって、活版がおもしろい、って若い人が増えてきた」

「そうですね、この前、活版印刷のイベントを見に行ったんですけど、わたしくらいの人がけっこういました」

弓子さんが言った。

「わたしくらいの年のじいさんと、弓子さんくらいの人。中間がいない。その人たちにとっては、活版印刷は単に古臭いものなんだよな、きっと。オフセット印刷やDTPの方が、なんでもできるし、きれいだし、手軽だしね。だけど、そういう印刷物がたくさんある時代に生まれた若い人たちは知らないんだよね。活版印刷のこと、なにも知らない。だから、こういうハンコみたいなもので本を作ってた、って言うと、嘘でしょ、ってびっくりする」

「この前高校でワークショップをしたときもそうでした。だけど、みんな、逆に新鮮に感じてたみたいで」

「むかしから活字を扱ってた身からすると、不思議な感じがするんだけどねえ。凹んでるのがいい、とか、ちょっと曲がってるのが手作り感があっていい、とか。そういうの、本来は出来が悪くてダメ、って思われたからね。本だって両面に印刷するんだから凹んでたらダメだし、曲がったりムラが出ないようにするのが職人の仕事なんだから」

「そうですね」

弓子さんが微笑む。そういうものなのか、と思った。知らないことばかりだ。

「むかしの職人は、いまみたいな印刷を活字で実現しようってがんばってたんだよなあ。きっと印刷技術がはじまったときからそうだったんだと思うよ。曲がらない、ムラのない、平滑な印刷を目指してきたから、いまの印刷技術がある。でも、そういう印刷が安価にできるようになって、いまはどこに出しても似たような仕上がりだよね。いつも同じようなものを見てる気がする。だから、若い人が手作り感を求めて活版に関心を持つ。おもしろいもんだよねえ」

店主さんが目を細めた。

「そうそう、この活字」

店主さんがわたしの持ってきた活字を見て言った。

「たぶん『平田活字店』さんの活字でいま残っているのはこれだけだと思うよ」

「やっぱり、そうなんですね」

わかっていたことではあるが、少しがっかりする。

「たしかお店は全焼だったしね。活字も母型もなにも残ってなかったらしいから」

「母型？」

わたしは訊いた。

「そうかあ。いまの人にはわからないよなあ」

店主さんがははは、と笑った。

「さっき、いまの印刷はどこに出しても同じ仕上がりって言ったでしょ？　パソコンに書体がはいってて、それを出力するから。でも、活字っていうのは全部もともとひとつずつ人が刻んだものだから、店によって微妙に形が違うんだよ」

「ええと、いまの印刷物にもいろいろな書体がありますよね。ゴシック体もありますし、手書き風のとか……。そういうのとは違うんですか？」

「手書き風の文字が印刷で使えるようになったのは、写植になってからだよね。活字のころは、そこまでたくさんの種類はなかった。なにしろ、活字には物としての重さがあるから……」

店主さんの説明によると、文字の種類は漢字だけで七千五百種。さらに印刷物ではいろいろな大きさの文字を使うから、同じ字にいくつものサイズがある。しかも一種類の文字につき何本も備えておかなければならないのだ。

「ひとつひとつの活字は小さいけど、それが集まるとねえ」

店主さんが振り返る。活字の棚が店の奥までぎっしり並んでいる。

「要するに、同じ明朝体でもいろいろな書体があったってこと」

「でも、その都度一文字ずつ彫るわけじゃ、ないんですよね」

わたしが訊くと、店主さんはまた笑った。

「そりゃそうだよ。だから、母型がある。クッキーの型みたいなもん。鉛の合金をその型に流して活字を作るんだよ。だからひとつの店の文字はずっと同じ形。言葉で説明するのはややこしいなあ。実物を見せて話した方がわかりやすいかな」

カウンターを開き、こっちにはいれ、と手招きする。

「え、はいっていいんですか？　前から一度見てみたかったんです」

弓子さんがうれしそうな顔になる。

「ははは。どうぞどうぞ」

店主さんは笑った。

カウンターの外から見えていた棚には、「ケース」と呼ばれる薄い木の箱が少し斜めになって立っていた。そこにぎっしりと活字が並んでいた。

「和文は文字の種類が多いからね。ケースの数もすごく多くなるんだよね」

店主さんがケースを引き出す。活字は文字ごとに区分けされていた。漢和辞典と同じように、部首ごと、画数ごとに並んでいるらしい。引き出したケースを渡されて持ってみると、かなり重かった。ひとつでこれだけ重いのだから、この棚の下には相当な重さがかかっているのだろう。

コンピュータのなかでは文字には重さがない。厚みもない。「もの」じゃない。だけど、活字には身体がある。重さも、大きさもある「もの」だった。この「もの」を並べて、印刷していた。重労働だったのがよくわかる。

「で、これが活字を鋳造する機械」

店主さんが奥の部屋の機械を指して言った。ごつくて重そうな、むかしながらの機械だ。下においてある金属の塊を溶かして鋳造するらしい。

「印刷屋さんで使用した活字も、集めて持ってきてもらうんだよ。それを溶かして、再鋳造して、また店に出す。何度でも再鋳造できるんだよ。完全なリサイクルシステムだね」

店主さんによると、需要が減ったため、鋳造機はもう作られていないらしい。壊れても買い替えはできない。製造業者でももう修理はできないし、交換用の部品もない。自分たちでメンテナンスするしかないのだそうだ。

「でもねえ、むかしはみんなそうやって自分で修理してたもんだよ。いまは故障したらすぐ製造元に連絡して修理に来てもらって、ってなるでしょう？　まあ、コンピュータ制御だとそれしかないんだろうけど。それでもなおらなくて買い替え、とかね。むかしの機械は長持ちするんだよ」

店主さんは機械を軽く叩くと、小さな扉の前に移動した。

「さあて、と」

そう言って扉を開ける。

「ここがうちの母型庫だよ」

引き出しが並び、なかには小さな型が整然と並んでいた。

「すごいですね。実はわたし、母型を見るのははじめてなんです」

弓子さんが引き出しのなかをじいっと見入った。

「これがうちの宝。いまは母型を作っているところもないからねえ」

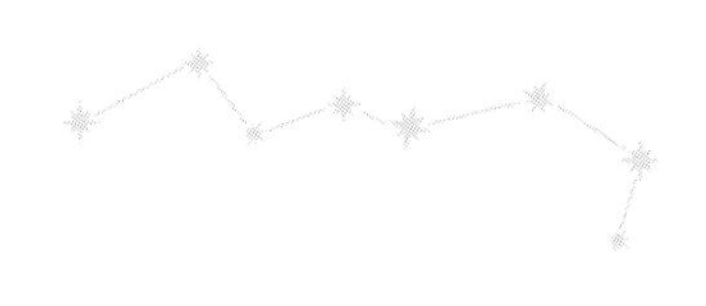

「ここにいない、ということですか？」

思わず訊いた。

「いやいや、日本じゅうどこにもいないんだよ。いまは、母型を作れる職人はいないんだ。だから、これをずっと大切に使ってる。でも、いつか消耗して使えなくなっちゃったら……そのときは店じまいするしかないなあ」

職人さんがいない。需要がないから、いなくなってしまうのは仕方のないことなんだろう。

「むかしはね、ここにない活字の注文が来ると……いや、辞書にない字を頼まれることもあったからね。人名とか、あるでしょ、特殊な字。そういうときは、職人がその場で彫ってたんだよ」

「手で？　こんな小さな字を？」

思わず声をあげる。

「そう。ルーペを使って手で彫ってたんだよ。お客さんに少しあたりをぶらついてもらって、そのあいだに彫ってたらしい。平田活字店さんは、作字が早いのでも有名だった、って言ってたっけ。腕がいい職人がいたみたいだねえ」

活字を買いにくる人、手作業で活字を彫る人。曽祖父の店はきっとにぎわっていたんだろう。

「いまは雪乃さんの持っている一セットしかない。そう思うと、なにか形にしてあげたくなりますねえ」

弓子さんが言った。

「うん。でも仮名文字一セットでできることは限られてるなあ。ほかの字と混ぜるわけにもいかないし」

店主さんは母型庫の外に出て、棚から何枚かハガキを持ってきた。

「これはいろんな印刷所で活版で刷られたものなんだけど……」

結婚式の招待状や、引越し通知、年賀状……。さまざまなものが並んでいた。

「これがうちの活字ね。ちょっと見ただけじゃわかりにくいかもしれないけど、比べると、文字の形が違うのがわかるでしょう？　うちの活字の『な』は、こっちのより少し幅が広い。下の丸も、うちの方が平べったくて、大きいですよね」

店主さんの言葉に目を凝らす。

「ほんとだ。なんとなく、こっちの字の方が字面が大きく見えます」

「サイズは同じでも字の形によってけっこう印象が変わるんだよ。混ざっていれば、見る人が見ればわかる。なにか印刷する予定があるの？」

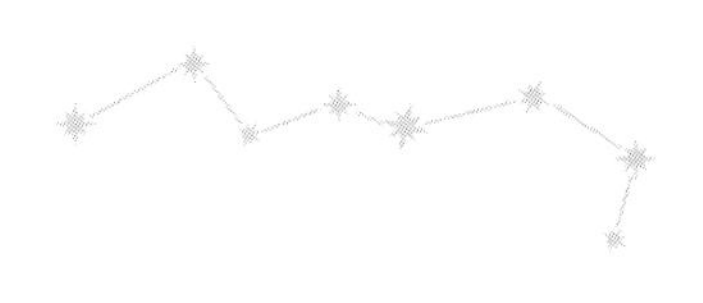

「え、ええ……」

「彼女、今度結婚されるそうなんです。それで、式の招待状を、って」

わたしが口ごもっていると、弓子さんが横から補った。

「じゃあ、なおさらだ。相手に失礼があってもいけないし、ばらばらの活字を使うっていうのは、あんまりおすすめできないかなあ。年寄りの考えかもしれないけど」

うーん、と天井を見上げる。

「仮名文字しかないわけだし……。うまくデザインする方法もあるのかもしれないけどねえ。でもわたしら古い人間には見当もつかないなあ」

店主さんは首をひねった。


思ったより長く大城活字店にいたみたいだ。日が短くなっていることもあって、外に出るともう暮れかかっていた。ビルの隙間から見える空が赤くなっている。弓子さんといっしょに地下鉄の駅に向かった。

「今日はありがとうございました」

ホームで弓子さんに言った。

「うちのルーツを知ることもできたし、活字のことも……。勉強になりました」

「いえいえ、わたしも母型庫のなかにはいったのははじめてでした。活版印刷がさかんだったころの話を聞けたのもよかった」

「そうですねえ。きっと活気があったんでしょうね」

「いまの活版は自分が作りたいものをじっくり作るための、ちょっと贅沢なものになってますよね。だけど、むかしはそうじゃなかった。役所の仕事で大急ぎで作るものも多かったろうし、もっと荒々しかったんだろうなあ、って」

　そのとき、電車がはいってきた。弓子さんと並んで座り、活字のはいったカバンをぎゅっと抱いた。

　店主さんは、印刷所も活字店も三Kだって言ってた。身体中真っ黒になって、徹夜続きで……。町工場の職人そのもの。この活字は、その名残だ。曽祖母は、空襲のとき、必死でこのケースを守った。

――会ったことはないけど、お父さんはやさしい人だったんだって。

お年玉袋に活字を押しながら祖母はそう言っていた。

――真面目で、無口だけど、子どもにはやさしかった、って。これを持ってればいつか帰ってくるような気がしてたけど、やっぱり帰ってこなかった、って。

こたつにはいって祖母の作業を見ていると、いつもなんとなく眠くなって、そのままうたた寝した。こたつで寝ると風邪ひくよ、って祖母によく叱られたっけ。

祖母は少し変わった人で、思ったことをはっきり口にしてしまうようなところがあった。それがけっこう的を射ていて、言われたくないことをずけずけ言われたように感じる人もいる。母はよく祖母のことを「悪気はないんだけど、ちょっと考えが浅くて、余計なことまで言ってしまうのよね」と言っていた。

だから、わたしの妹は祖母が苦手だったみたいだが、わたしは祖母が好きだった。そういう性格も少女っぽくて愛らしいと思ったし、はっきりものを言えないわたしからすると、祖母の辛口発言は痛快なものに思えた。自分には言えないことを言ってくれた、と思うことも多かった。

わたしは祖母のお年玉袋が好きだった。あの文字が好きで、お守りみたいにして持って歩いてた。だけど……。そのとき思い出した。小学生のとき、学校にその袋を持って行って、笑われたんだ。

――お前、お年玉袋なんて持って歩いてるんだ。

子どものころの友明の顔が頭に浮かんだ。あれは四年生のときだったか。

友明はいたずらばかりして、よく先生に叱られていたけれど、足が速くて、おもしろくて、みんなの人気者だった。友明のまわりにはいつも男子がたくさんいて近寄りがたかったけど、わたしは友明がちょっと好きだった。

　三年生のころ、クラスの男子と言い争いになったとき、友明が横から助けてくれたことがあったのだ。

——お前さー、それ、どう考えても雪乃の方が正しいだろ？　冷静になれよ。

　冷静になれよ。友明の変に大人びた口調がおかしくて、それまでぴんと張っていた気持ちがふっとゆるんだ。相手の男子もそうだったみたいだ。

　なのに……。朝ランドセルから教科書を出そうとしたとき、おばあちゃんのお年玉袋が床に落ちた。近くにいた友明が拾い上げ、なにこれ、と言った。

——お前、お年玉袋なんて持って歩いてるんだ。

　友明はちょっと笑った。

——それ、おばあちゃんからもらったの。わたしの名前が押してあるでしょ？　活字っていうんだよ、むかしの……。

——なんでひらがなばっかなの？　子どもじゃないんだから。

　ふふっと笑って、お年玉袋をひらひらさせた。

——みんなー、雪乃ってさ、お年玉袋なんか学校に持ってきてるんだよ。

友明が大声で言う。それからのことは……思い出したくもない。祖母のお年玉袋は、和紙で手作りしたものだった。そこに押された活字の文字。

――渋いね。

「ゆきの」だって。

男子たちが笑い、返して、と言っても返してくれない。女子たちが、やめなさいよ、返しなさいよ、と言い立てて大騒ぎになり、ちょうど先生が教室にはいってきて、ようやくおさまった。

その日から、友明はわたしの天敵になった。小学校のあいだは、そのあと結局一度もちゃんと話したことはなかったのだ。

そのとき、携帯が震えた。見ると、友明からメッセージがはいっていた。

――金子から返事が来た。招待状の件、ＯＫだって。今度雪乃もいっしょに打ち合わせすることになったよ。

そう書かれていた。そうか……金子くん、やってくれるのか。なんだか変な気持ちだ。手放しでよかったと喜べない。ひらがなだけじゃなにもできないとわかっていても、やっぱり活字に惹かれているのかも……。

「池袋ですよ」

弓子さんに言われ、はっとした。いつのまにか電車はけっこう混んでいた。席を立ち、人の群れといっしょに電車を降りた。ホームにはスーツや制服姿の人がたくさん立っていた。迷路のような構内を抜け、電車を乗り換える。自分も大学時代は毎日この構内を歩いていたなあ、と思い出した。

5

川越に着いたときは、もう夜だった。電車を降り、商店街を抜ける。観光地化が進んでむかしよりにぎやかになった、と言われることもあるけれど、やっぱり都心に比べると静かで、のんびりしている。家も川越、勤務先も川越だから、いつのまにかすっかりこのペースに身体が慣れてしまっていた。

「雪乃さん、すぐに帰らないとダメですか？」

一番街にはいったあたりで、弓子さんが言った。

「いえ、とくに予定はありませんが……」

「よかったら、ちょっとうちに寄っていきませんか？　あの活字、もう一度よく見てみたいですし」

「はい、ぜひ」

わたしももう少し活字の話をしていたかった。母は活字にあまり関心がない。あの活字セットは以前はずっと曽祖母の家の箪笥の奥にしまわれていた。曽祖母が死んで、家を処分するときになって出てきたのだ。祖母がそれを引き取ったのは、孫が生まれてから。つまり、あの活字で名前を押された袋でお年玉をもらっていたのは、わたしたち孫だけ。母は馴染みがないのだ。

弓子さんが裸電球をぱちんとつける。古い木の机に活字を出した。

「お年玉袋で『ゆきの』という字は見慣れてますけど、ほかの字はあまり見たことがないんですよね」

「印刷してみましょうか？」

弓子さんが言った。

「え？　できるんですか？」

「もちろん。活版印刷は活字を並べればすぐに刷れます。ワークショップのときと同じですよ」

弓子さんが文字を組むための道具を出した。

「でも、刷ると言っても、ただ適当に並べた状態だとなんとなく落ち着かないですよね。どうしましょうか」

弓子さんが言った。

「じゃあ、『いろは歌』はどうですか？　このセットには「ゐ」と「ゑ」もはいってますし」

「ああ、そうですね。あれなら清音はすべて使いますし。ひらがなだけ組んでみましょうか」

弓子さんが活字を拾って、順に並べていく。

「いろはにほへと、ちりぬるを……」

弓子さんがつぶやく。わたしも活字の字面を見て次を探した。

いろはにほへと　ちりぬるを
わかよたれそ　つねならむ
うゐのおくやま　けふこえて
あさきゆめみし　ゑひもせす

フレーズとフレーズのあいだは空白にする。隙間を開けることはできないから、空白をつくる込め物を入れる。二フレーズごとに改行。

——こんなの、覚えられないよ。

耳の奥で、子どものころの友明の声が響いた。あれはたしか二年生のときだ。授業でいろは歌を習った。友明はわたしのとなりの席だった。全然勉強しなくて、宿題を忘れてよく怒られていた。

——こんなの、意味もわかんないし、覚えられるわけないじゃんか。

ぶつぶつ文句を言っている。

——意味はあるんだよ。「色は匂えど、散りぬるを」って、「匂い立つような色の花もいつか散ってしまう」っていう意味だって。おばあちゃんが言ってた。

わたしが言うと、友明は目を丸くした。

——なんだ、それ。わけわかんない。

友明はしばらく黙ったあと、そう言ってぷいっと横を向いた。

「でも、よく考えてみると、これ、よくできてますよね」

弓子さんが言った。

「すべての字を一度ずつ全部使って、意味のある歌を作る。そう簡単にはできませんよね」

その通りだ。招待状の話をしたとき、「ゆきの」と「ともあき」、名前をふたつ並べようとしただけで、「き」の字がだぶってしまった。覚えたときは変な歌だと思ったけれど、自分で作れるとは思えない。

「これで全部ですね」

弓子さんの声がした。ステッキという金具のなかにきれいに活字が並んでいた。組み上げた活字のまわりにさらに込め物を並べ、チェースという枠に固定、印刷機にセットする。裏紙を使って何枚か試し刷りをした。

「高さはだいたいそろってますね」

刷り上がった紙を見ながら、弓子さんが言う。

「高さ?」

「活字には裏面から字面までの長さがありますよね。だから組んだときに高さが出る。これがそろっていないと……」

「印刷された文字に濃淡が出る、ってことですか」

「並べたときに気づかない微妙な差でも、濃淡ははっきり出てしまいます。そういうときは活字を替えたり、活字の足にテープを貼ったりして調整するんですよ」

弓子さんは目を凝らして印刷された文字を見た。

「あと、活字は磨耗します。使っているうちに欠けができることもある。このセットのひらがなはすべてきれいです。きっともとは新品だったんでしょう」

そう言いながら、弓子さんは引き出しからハガキサイズの新しいカードを取り出し、セットした。ぎゅっとレバーを引く。レバーを戻すと、白い紙にくっきりと文字が写っていた。

きれいな文字がまっすぐに並んでいる。お年玉袋の字とちがい、にじみもなく、くっきりした線だった。

「字面が小ぶりですね。きれいな書体です」

弓子さんに言われて見返す。すっきり細めの書体だ。

「これが……平田活字店の文字だったんですね」

わたしはつぶやいた。初めて見るような、なつかしいような……。不思議な気持ちになる。

「こうして見ると、美しいですね、『いろは歌』。活字の棚って、ひらがなは『いろは』順に並んでるんですよ。だからこの並びには慣れてるんですけど、こうして印刷してみると、また違う感じに見えます」

「そうですね」

見つめながら息をつく。きれいだ、と思った。ひらがなだけだけど、あいうえお順とは違う。意味のある歌だからだろうか。

「そうだ」

弓子さんの声がした。

「違う形のひらがなが混ざっていたらわかってしまうけど、漢字だったら……」

「どういう意味ですか？」

「このひらがなと雰囲気の似た漢字があれば……形や太さが似た漢字を探して、漢字は漢字で統一して混ぜれば、そんなに目立たないんじゃないか、って思ったんです。ただ……」

弓子さんが活字を見た。

「ひとつの仮名を一回ずつしか使えない、という条件は同じですけど」

「そうですよね、やっぱり、招待状を作るのは無理ですね。友人のデザイナーも結局引き受けてくれることになったみたいですし……」

ぶつぶつとつぶやく。この「いろは歌」のカードだけでじゅうぶんだ。こんなにきれいなカードを作ってもらったんだから、活字たちもきっと喜んでいる。

でも……。おばあちゃんに見せたかったなあ。これを見たら、おばあちゃん、なんて言っただろう。

「もしかしたら、わたし、結婚式だからこそ、この活字を使いたかったのかもしれません」

そんな言葉が口をついて出た。

「結婚式だからこそ？」

弓子さんに訊かれ、うつむいた。

「なんていったらいいのか……わたし、むかしから内向的っていうか……あまり自己主張できないタイプなんです。でも友明は……」

「社交的で、オープンな性格なんですよね？」

弓子さんの言葉に、はっと顔をあげた。

「大西さんから聞きました。勢いでまわりを巻き込んでいくタイプだって」

「そうなんです。そこがいいところだし、わたしも自分がこういう性格だから、友明のそういうところに惹かれたのかもしれません。結婚も決めました。でも、ほんとはちゃんとやっていけるかどうか、あんまり自信がなくて……」

「どうして？」

「いつか結婚するのかも、とは思ってました。でも、わたしもようやく司書の仕事に慣れてきたところだったし、結婚はまだ先だと……。だけど、友明の海外赴任の話が出て、それならその前に結婚式をあげていっしょに行こうって、友明が急に決めてしまったんです」

　なんでこんなことを話してるんだろう、と思った。家族でも友だちでも同僚でもない相手だから気楽だったというのもあるかもしれない。なぜか言葉がぼろぼろとこぼれだしてきた。

「海外で暮らすのも少し不安で……。両親にも心配されました。でも、おばあちゃんだけは行きなさい、って」

——おばあちゃんの時代とは違うんだよ、わたしだって自分の仕事は大事なんだ。

——仕事はいつだって探せる、でも人の縁はそうそう見つかるものじゃない。それに、雪乃はほんとにいまの仕事がなにより大事なの？　ほんとは、この町を離れるのが怖いだけなんじゃないの？

　そう言って、ふふふっと笑った。ずきん、とした。図星かもしれない、と思った。痛いところを突かれた、と。たしかに司書になりたかったし、いまの仕事が好きだ。だけどほんとうは、外国に行くのが不安なだけかもしれない。住み慣れた川越の町を離れることも。

友明は数年は日本には帰ってこないらしい。友明と結婚するつもりなら、いつかはこの仕事を辞めて、川越を離れることになる。それとも、友明と別れるのか？

「祖母は病気で、いつ亡くなってもおかしくないと言われてたんです。友明は何度も見舞いに来てくれてた。祖母も友明のことをよく知ってる。友明と別れて、将来別の人と結婚することになったら、その人は祖母を知らない。そう思ったらなんだか……結局わたしは友明と結婚する道を選びました。それを祖母に告げて一週間後、祖母は亡くなったんです」

「そうだったんですか」

弓子さんが言った。

「すみません、わたし、なんでこんな話を……」

よく知らない人に、重い話をしてしまった。

「いえ。お気持ちは少しわかります」

弓子さんが大きく息をつく。

「実はわたしも、似た経験があるんです」

うつむき、少しためらったあと、弓子さんは自分のむかしのことを話し出した。

6

幼かったころ母が亡くなって、わたしはずっと父とふたり暮らしでした。小さいうちはこの三日月堂の祖父母のところに預けられていたんですが、小学校にあがって少しして、父のところに戻り、以来横浜で育ちました。

父は横浜で私立高校の理科の教師をしていました。もともとは天文学が専門で、修士課程まで行って、学部のときから天文学会にも所属して、学会の仕事も活発に行っていたんです。

天真爛漫というか、子どもっぽいところのある人でしたから、遊んでくれるときは楽しいけど、子どものわたしに寄り添ってくれるという感じではなくて、小さな大人扱い。わたしはずっと鍵っ子でしたし、休日になると父はわたしを三日月堂に預けて、仲間と星を見に行ってました。

わたしは大学を出て、ふつうの事務職に就きました。職場で出会った人とつきあうようになり、二年くらいたったときに相手のアメリカ赴任が決まりました。雪乃さんと同じです。結婚して、いっしょに行くことになりました。

だけど……。そのとき、父が癌だとわかったんです。信じられませんでした。それまで自覚症状はなにもなかったんです。健康診断で異常値が出て、再検査したら癌が見つかった。すぐに手術しなければ半年ももたないだろう、って言うんです。わけがわからないまま、手術が決まりました。結婚式は中止、相手には先にアメリカに行ってもらうことになりました。

いちおう手術は成功し、父は退院し、職場に復帰しましたが、体調は思わしくありませんでしたし、頻繁に病院に通わなければなりませんでした。渡米した相手から「いつになったらこっちに来られるのか」というメールが来ました。向こうからしたら、手術が成功して、職場にも出るようになったんだから、もう回復したのだと思ったんでしょう。そう簡単なものじゃないんだって説明しても、わかってもらえませんでした。話がこじれて、「僕よりお父さんの方が大切なんだね」と言われたときは、こっちの気持ちを察してくれないことに腹が立って……。わたしも父の病気のことで頭がいっぱいで、感情的になっていたんでしょう。

一年後、癌が再発しました。複数箇所に転移していて、手術はできない、余命一年と言われました。もう父を置いていくことはできない。だから、彼とは別れました。一方的にメールを送って、その後は連絡を絶ったんです。彼は怒るだろうけど、そのときは「どっちが大事だ」という話を聞きたくなかった。

父は、最初はショックでひどくふさぎました。けれど、やがて、不思議と明るい顔で「先は短いけれど、なくなったわけじゃない。残された日を精一杯生きればいい」と言ったんです。学校は辞めましたが、そのあとも、学会の仕事や、高校の天文部の指導は続けてました。もちろん体調が万全とはいきませんが、生きがいなのだろう、と止めませんでした。

わたしも途中で仕事を辞めざるを得なくなりました。さいわい貯金はありましたし、切り崩して、できるだけ父のそばにいようと思いました。それからの日々は、たぶん人生のなかで、いちばん父と過ごす時間が長かったんじゃないかと思います。ずっとふたり暮らしだったのに、父の好きな食べ物もよく知らなかったし、天文学のこともよくわかっていませんでした。

夜、何度もベランダでいっしょに望遠鏡で星を見ました。子どものころもやったことがありましたが、父の説明は長くて、わたしはいつも途中で飽きてしまった。だけど、そのときは父の長い話もかけがえのないものに思えました。

——星っていうのは燃えるガスの塊だよ。死んだ人が星になるなんてことはない。だけど、最近思うんだ。それもほんとなんじゃないか、って。人が、星を見ながら亡くなっただれかを思うなら、その星は亡くなった人の魂なのかもしれない。

あるとき、父がそんなことを言いました。母が亡くなってすぐのころ、祖母がわたしに「お母さんは星になった」と言ったことがあったんです。そしたら、父は怒って言いました。「星になんかなってない」って。そうして、黙って、泣いた。父が泣いたのが怖くて、わたしも泣いた。母は消えたのだ、もう会えないのだ、そういうことなんだ、と怖くて、泣き続けた。そのときのことを思い出しました。

父は若いころは文学が好きで、天文学に進んだのももともとは宮沢賢治の影響だった、という話もはじめて聞きました。今さらはじめて知ることがあるなんて、と驚いて、きっと知らないことばかりなんだ、と感じました。

街の灯があるところは明るくてダメなんだ、もっと暗いところに行きたいなあ、天文台にもう一度行きたい、って言ってました。連れて行ってやりたかったけど、無理でした。遅かったんです。もうそのころには、百メートルも歩けませんでしたから。

父は途中からどんどん痩せていきました。まるで早送りにしているみたいに、どんどん老けていくように見えました。まだ六十代なのに、半年後には八十歳くらいに、亡くなるころは九十を過ぎているように見えました。

父は痩せることをすごく怖がっていた。わたしも怖かった。死が忍び寄ってくるみたいで。いえ、どこかからやってくるんじゃなくて、父の身体のなかに死があって、それがふくらんでいく。つねにすぐそばに死の気配があって、夜も何度も起きて、怖くて泣くこともありました。

だけど、なぜか途中で思ったんです。父を死に追いやっていく癌だけど、それも父の一部なんだって。そう思ったら、癌を憎めない気がしました。菌とかウィルスだったらそんなふうに思わなかったかもしれない。だけど、癌は身体の細胞が変化したものですから。それも父なんだ、って。

「そうして、再発が見つかってから半年後、父は亡くなりました。ごめんなさい。こんな話をしてしまって。なんだか……止まらなくなってしまって」

弓子さんの目から涙がこぼれた。

「ごめんなさい、わたしこそ。そんなことがあったとは知らずに……わたしの迷いなんて……」

なんといったらいいかわからなかった。祖母の死は辛かった。だけど、祖母は八十六歳だったのだ。もうじゅうぶん生きた。だけど、弓子さんのお父さんは……それに、弓子さんは、子どものころお母さんも亡くしたと言っていた。きょうだいもない。三日月堂に住んでいたお祖父さん、お祖母さんももう亡くなっている。だから、弓子さんは……ひとりなのだ。ほんとうに。

「いいえ、雪乃さんの迷い、なんとなくわかるんです。わたしも、最初に渡米の話が出たとき不安でした。結局行かないことになりましたが。だけど、行った方がいい、という雪乃さんのお祖母さんの気持ちも、よくわかる」

「はい。わたし、だからきっと、祖母に守ってほしかったんだと思うんです。曽祖父の活字のことも、わたしが大事にしているものだと友明にちゃんと伝えたかった」

──お前、お年玉袋なんて持って歩いてるんだ。

子どものころの友明の声が耳の奥によみがえる。あのときから、わたしはお年玉袋がはずかしくなった。祖母を大事に思うことがはずかしくなった。

「雪乃さん、意外と頑固なんですよね」

弓子さんがにこっと笑った。

「頑固、ですか?」

わたしはちょっと驚いた。そう、友明にもときどき言われることがある。頑固だって。わたしは自分の気持ちなんて主張したこと、ないのに。

「雪乃さん、自分のこと、自己主張できないタイプっておっしゃってましたけど、ほんとうは強い芯を持っていて、絶対に曲げないタイプなんじゃないですか？」

「そ、そうでしょうか？」

「声に出して言わないだけ。だけど、活字のことだってきっと……。友明さんにその活字、見せたことありますか？」

「いえ、見せてないです……なんとなく、古臭いものだから、はずかしくて……」

あの事件のあと、友明とはずっと口をきかなかった。ずっと苦手だった。大学で偶然再会して、もうむかしの友明とは違うんだ、とわかった。だけど、あの事件のことは話したことがない。思い出すのが怖かった。自分が大事にしているものを笑われる。同じことを繰り返したら、と思うと、怖くて言えなかった。

「見せた方がいいですよ。招待状をどうするかは別として、その活字はきっと、雪乃さんの一部なんですから」

わたしの……一部……？

紙に刷られた「いろは歌」を見下ろした。

眠る前、友明にメールを書いた。祖母が残した活字があること、空襲で焼け残ったもので、いまはほかにない書体であること。顔も覚えていない父に対する祖母の思いや、これが自分の家の大切な記憶なのだ、ということ。そして、結婚式の招待状にこの活字を使いたいと思っていること。

むかしのお年玉袋の話だけは書けなかったけれど、あとは全部正直に書いたつもりだ。

弓子さんのところで刷った「いろは歌」のカードをスマホで撮影し、添付した。何度も文面を読み返す。送信ボタンを押すとき、ちょっとためらった。友明はどう思うだろう。招待状はふたりで出すものだ。自分の家のことばかり主張するなんて。だいたいもう金子くんに頼んでしまったというのに……。

だけど。言わないと後悔する気がした。

思い切って、送信ボタンを押す。メールが送られたのを確認すると、パソコンの電源を落とす。どんな返事が来るのか少し怖くて、逃げるようにベッドにはいり、そのまま寝てしまった。

朝、パソコンを立ち上げたが、友明からの返信はなかった。

やっぱり無理な提案だったかなあ。金子くんに頼んだあとだし、友明だって困っているかもしれない。今日帰ったらもう一度メールを書いて謝ろう。パソコンを閉じ、家を出た。

土曜日の図書館はいつもと少し雰囲気が違う。平日は来ない子どもたちがたくさんいて、読み聞かせなどのイベントもある。ばたばたして、友明のメールのことを考えずにすんだ。午前中があっという間に過ぎていった。

昼休み、友明からメッセージが届いた。見るのが怖かったが、思い切って開いた。

メール読んだ。金子に伝えたら、金子もその活字、見てみたいって。金子は最近活版印刷に興味があるらしい。俺も、少し気になる。明日、金子も休みみたいだから、もし印刷所の都合がつくなら、行って話を聞きたいんだけど。

メッセージにはそう書かれていた。

金子くんも活版印刷に興味がある……?

予想外の話に驚く。

でも、そういうことなら、もしかして……。

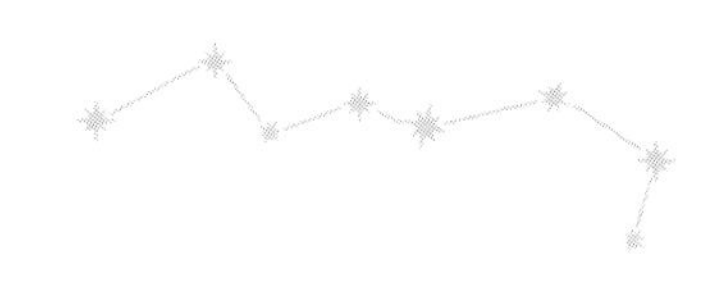

もともと明日は友明と結婚式の相談をする予定で、休みを取っていた。あとは弓子さんだ。電話をかけると、夕方なら大丈夫ですよ、という返事が返ってきた。

7

日曜日、駅前で金子くんと友明と待ち合わせした。

「へえ。来たことなかったけど、いい街ですね。ちょっとした旅行気分だ」

一番街に行く途中、洋館や蔵造りの建物を見ながら、金子くんが楽しそうに言う。

「活版印刷、僕も大西の名刺を見てちょっと気になってたんですよ」

歩きながら金子くんが言った。

「シンプルなんだけど、すごい物質っぽい、っていうか……。僕たちが作っているのとは全然違う、紙に印刷してるっていう点では同じなのに、なんだかまったく雰囲気が違って……新鮮でした。なんていうか、手触り感があるのがいい」

「なるほどねえ」

金子くんの言葉に友明がうなずく。

「仕事してても指にはマウスとキーボードの感触しか残らないし、実体のないものをパソコンのなかで動かしていくだけ。だからこそ自由に発想できるんだけど、脳のなかだけで仕事してるみたいな感じもして、手触りがない。でも大西の名刺は、紙に刻み込まれてるみたいに見えた。紙が厚みのある立体物だ、と感じた。そんなことははじめてでした」

紙が厚みのある立体物……。金子くんらしい表現だ。

「先輩から送ってもらった『いろは歌』の印刷された紙の写真も、見た瞬間、すごく惹かれたんです。いま普及しているどの文字とも違う。古い本を見ているみたいななつかしい感じ。それが逆に新鮮で……魅力的だなあ、って」

金子くんに言われ、なんだかうれしくなった。

三日月堂のガラス戸の前に立つと、友明も金子くんも、ごくりと唾を呑んだ。

「ちょっと……すごい迫力ですね」

「うん。予想以上だね、これは」

ガラス越しに見える活字の棚を見回している。ブザーを押すと弓子さんがすぐに出てきた。

「わたしも少し前に帰ってきたところなんです。ああ、そちらが……」

弓子さんが、友明と金子くんをちらっと見た。

「こちらがわたしが結婚することになっている宮田友明です。そして、デザイナーの金子くん」

「こんにちは。宮田です」

「金子です。僕はゼミで大西くんといっしょでした。こちらで作った名刺を見せてもらって、ずっと興味を持ってたんです」

「はじめまして」

弓子さんがぺこっと頭を下げた。

「でも、ほんと、すごいですね。これが活字……」

金子くんがあたりを見回す。

「話には聞いていたけど、この物量が……想像以上です。パソコンのなかにある文字が全部実体化したら、こうなるのか……」

「うちにあるのは、基本的な明朝とゴシックくらいですからね。パソコンにはいってるフォントが全部実体化したら、大変な量になるでしょうねえ」

弓子さんがくすっと笑った。

「活字、見てもいいですか?」

「ええ、もちろん。どうぞ」

弓子さんが言うと、金子くんが棚から活字を一本取り出した。

「うわあ、小さいなあ。でも、ちゃんとハンコみたいになってる。うーん、これはかっこいいなあ。文字に身体があるんだ。厚みも、重さも。すごい」

感心したように、何度もうなった。

「そう。活字には文字の部分だけじゃなくて、長さがありますからね。それに、版を組むときは隙間なく組まなければならない」

弓子さんはそう言って、チェースに組み込まれた活字を見せた。

「この行は少し文字が少ないでしょ？　文字と文字のあいだを空けなくちゃならないから、こういう込め物を入れるんです。これは四分アキ。活字の１／４の幅になってる。こっちは二分アキ」

「なるほど、そうか、二分アキとか四分アキって、もとは物質として存在してたのか。ぎっちり詰めないといけないんですね。字と字のあいだの空白も、行間の隙間にもなにか入れなくちゃならない。空白っていってもなにもはいってないわけじゃないんですね」

「だからものすごく重い。この部屋も、少し床が傾いてます」

弓子さんが笑った。

「これは……？」

友明が隅の棚を指す。

「ああ、版にしたものは、そうやってタコ糸でしばってとっておくんです。そのあたりのはみんな名刺です。お客様の。刷り増しするときは、それを使うんです」

「なるほど……よくできてるんですね。あ、これは？」

上の方の棚にはいった細長いものを指す。

「飾り罫です。よくあるでしょ、表のまわりなんかを囲む模様みたいな罫線」

弓子さんがなかのひとつを取り出し、金子くんと友明に差し出した。

「なるほど、こんなものもあるのか……。コンピュータで組むときは、マウスですうっと動かすだけだけど……。おもしろいなあ。そうか、印刷っていうのは、こうやってできてたのか。なんか、印刷に対する考え方が急激に組み替えられてる感じがする」

金子くんは目を輝かせている。

「僕にも、できるでしょうか」

金子くんに言われ、弓子さんはきょとんとした。

「僕にも活字を使ったデザイン、できるでしょうか？」

「でも、コンピュータみたいに、自由に拡大縮小したり、変形したりはできないですよ。組み方だって、制限がありますし……」

戸惑いながら、弓子さんが答える。

「だけど、その制限が逆におもしろそうだ。パズルみたいで……」

金子くんが興奮した口調で言った。

「じゃあ、この活字で作ってみようか、今回の招待状」

友明があっさり言った。わたしは友明の顔を見た。

「作る、って……でも、仮名文字一セットしかないんだけど……」

思わず口ごもる。

「そこだよね、問題は。やっぱり混ぜちゃダメなんだよね」

友明がつぶやく。

「そうですねえ」

金子くんが言った。

「コンピュータでもそうですけど、文字ってけっこう書体によって形が違いますからね。太いところと細いところのメリハリとか、字面の大きさとか。違うの混ぜる

と、変に見えますよ」

「デリケートなものなんだな。まあ、そもそも混ぜて使うんじゃ意味がないし」

友明が腕組みする。

「そのことなんですけど……。実は見つけたんですよ、似た雰囲気の活字を」

弓子さんが言った。

「似た雰囲気の活字？」

金子くんが訊く。

「雪乃さんにはこの前お話ししたんですが……。ひらがなは混ぜられないけど、似た雰囲気の漢字となら組み合わせられるんじゃないかって。あったんですよ、すごく似た書体が。今日はそれをもらいに行っていたんです」

「ほんとですか？」

「ええ。雪乃さんといろは歌を組んだあと、大城活字店から電話があったんです。平田活字店のことで思い出したことがある、って。戦後、平田活字店の職人さんが独立して横浜の方で店を開いたそうなんです。常盤活字店という店で、母型を作るときにも平田活字店の文字の形を参考にしたとか。そこの文字は平田活字店と似た雰囲気がある、って」

「そんなお店が……？」

「しかも、店主さんがもう年だから店じまいするらしくて。道具もほしい人にタダでわけてるみたいだよ、って。それであわてて今日の午前中に行ってきたんです」

「あったんですか、活字」

「ありました。五号の活字をごっそりもらうことにしました。重くてとても手では運べないから、今度改めて取りに行く、ってことにして、今回はこれだけ……持ってきてみました」

弓子さんがカバンから包みを取り出し、開いた。束ねられた活字が出てきた。

「まずはこれで試してみようと思ったんです。雪乃さんの活字と組み合わせたらどうなるか」

弓子さんがにこっと笑った。

「すごいじゃないか。よかったな、雪乃」

友明がわたしを見た。うん、とうなずいて、弓子さんを見る。わざわざ遠くまで足を運んでくれて……。どうしてそこまでしてくれるんだろう。感謝で胸がいっぱいになる。

「ありがとうございます」

弓子さんに頭をさげた。

「じゃあ、早速刷ってみませんか？」

弓子さんが笑って言った。

「え？　いまですか？」

金子くんがびっくりした顔になる。

「ええ。活字は並べればすぐに刷れますから」

「これは面白いことになってきた」

友明が身をのり出す。

漢字とかなが混ざった文。だが、仮名文字が一字につき一回しか使えないという条件は変わらない。

「文字の雰囲気を見るだけだから、文になってなくてもいいんじゃない？　適当に並べて……」

友明がそう言って、活字をつまみあげる。

「いやだよ。めちゃくちゃな文字の並びって、文字化けした文章読むみたいで気持ち悪いもの」

わたしは言い返した。

「ちゃんとした文になってた方がいいと思いますよ。その方が書体に違和感がないか判断しやすいです」

金子くんが言うと、友明は、そういうもんなのか、と頭をかいた。弓子さんが紙を持ってきてくれたので、金子くんとわたしは文を考えはじめた。

「仮名文字一回ずつって、意外とむずかしいですねえ。雰囲気見るためにはある程度長さがあった方がいいですし……」

金子くんがうなり、ペンを置いた。

「じゃあさ、あれにすればいいじゃん。『いろは歌』を漢字にしたやつ。『色は匂へど、散りぬるを……』だっけ？　それだったら、もとが『いろは歌』だから、ひらがながだぶることはないんじゃない？」

友明がこともなげに言う。

「あ、なるほど。それ、いいですね」

金子くんがうなずいた。それなら使わなくなるひらがなは出てくるが、だぶりはない。友明が得意げに笑う。「いろは歌」を唱えながら、「こんなの、覚えられないよ」と言っていた子どものころの友明の顔と一瞬だぶった。

ばらばらの活字のなかから目的の字を探すのはなかなかたいへんだった。結局

「いろは歌」で使う漢字すべてではなかったので、こういう形になった。

色はにほへど　散りぬるを
わが世たれぞ　常ならむ
うゐの奥山　今日越えて
浅き夢見じ　ゑひもせず

「おお、できたじゃないか。これ、パズルみたいでけっこう楽しいな」

友明が満足そうに笑った。

弓子さんが組み上げた版をチェースに固定する。

「こんなふうにするんですね。うわあ、なんかどきどきするなあ」

金子くんは、弓子さんの作業をじっと見ていた。

「じゃあ、刷ってみましょうか。金子さん、やってみますか？」

弓子さんに言われ、金子くんがレバーを下ろす。

「うーん、けっこう重い。押してるって感じがします」

「いいですよ、それくらいで。戻すときは気をつけてください、向こうに持ってかれますから」

弓子さんに言われ、そうっとレバーを戻した。

「うおお、刷れてる」

友明が興奮した声をあげた。

「かなり近い雰囲気じゃないですか？　こうして見る分にはほとんど違和感がないと思いますが」

印刷された紙に目を近づけ、金子くんが言った。

「書体的には違和感ないですね。でも、漢字の方が細い……いえ、ちょっと薄いです。常盤活字店の文字の方がちょっと低いのかも……」

弓子さんが言った。

「低い？」

「字面からお尻までの長さが短いってことです」

弓子さんは一度チェースをはずし、引き出しからセロハンテープみたいなものを出してきた。テープを小さく切り、漢字の活字のお尻に貼り付ける。もう一度セットし、刷り直した。

「少しそろってきました。まだまだ微調整は必要ですが……文字の形的には問題ないと思います」

弓子さんが言った。

「いいですね」

金子くんもうなずく。

「よし、これでいこう」

友明の声が響いた。

「活版印刷の招待状、いいじゃないか。これでいこうよ」

友明の横顔を見た。ほんとに？　この活字で招待状を作れるの？　なんだかどきどきしてくる。

「ただ、これでふつうに組んでしまったら、単なる古めかしい招待状になっちゃうよねえ。そこは、金子の腕とセンスに任せる」

友明がぽんと金子くんの肩を叩いた。

「もちろん。僕もいろいろやってみたいことがありますから。少し勉強しますよ」

「こういう凸版を使えば、線画も入れられますよ」

弓子さんが引き出しから薄い樹脂板を取り出して見せた。ハンコのように絵が彫られている。

「なるほど。さっき見せてもらった飾り罫も使ってみたい。うん、作ってみますよ。みんながはっとするような招待状を」

　金子くんが大きく息を吸った。

「でも、その前に、文面を考えなくちゃなあ。ひらがなが一回ずつの縛りは変わらないんだから」

　友明が困ったように笑う。

「常盤活字店さんのひらがなだったら混ぜても大丈夫なんじゃ……」

　わたしが訊きかけると、友明が、いや、と首を横に振る。

「それじゃ、おもしろくないよ。雪乃の家の活字だけでやろう。そうでなきゃ、意味がないじゃん。むずかしいパズルだけど、やりがい、あるじゃないか」

　友明らしい、と思って、おかしくなる。いつもそうだった。おもしろいかおもしろくないか。友明はいつもそのことばかり考えている。だからあいつといると楽しいんだよ。いつだったたか、友明の友だちがそう言っていた。

　友明とわたしで文を決め、金子くんがデザインを考える。仮名文字は平田活字店、漢字は常盤活字店のものを使って、三日月堂で版を組み、印刷する。そう決めて、三日月堂を出た。

8

友明はそのままわたしの家に来て、文案を練ることになった。

「やるって決めたけどさ……これって、まじむずかしいな」

考えはじめて十分もしないうちに、友明が弱音を吐いた。

母も妹も突然やってきた友明に驚いていたが、家にあったものでなんとか夕飯を作った。父は不在で、母と妹、友明と四人で食卓を囲んだ。お茶を飲んで一休みしたあと、わたしの部屋でさっそく文案作りをはじめた。ネットで検索して出てきた文例を並べて見る。

「こういう招待状って、やたらと『お』とか『ご』がつくからなあ。語尾も『ます』とか『です』とかで終わるのばっかりだし。仮名文字一回ずつ、って無理なんじゃないの？」

「友明が言ったんでしょ、それで作らないとおもしろくない、って」

あきれてため息をつく。

「まあ、それはそうなんだけど……。俺、そもそも文章考えるのとか苦手だからさ。

そういうのは司書の雪乃さんの仕事かと」

「いい加減だなあ、もう」

わたしはネットから探し出した招待状の文例をにらんだ。たしかに友明の言う通り、丁寧語だと『お』『ご』をやたらと使う。

「『ご』は全部『御』にしよう。漢字はいくつでもあるから」

わたしは言った。

「で、とにかく、短くしようよ。短くすれば使う字も減るだろ？」

「それはそうだけど、だからって素っ気なさ過ぎても失礼じゃない？」

「まったくお前は……細かいっていうか……」

友明がぶつぶつ文句を言いながら、文例をひとつずつ読み始めた。

拝啓　◯◯の候
皆様にはますますご清祥のこととお慶び申し上げます
このたび　私たちは結婚することになりました
つきましては　日頃お世話になっております皆様に感謝の気持ちを込めて
ささやかな宴を催したく存じます

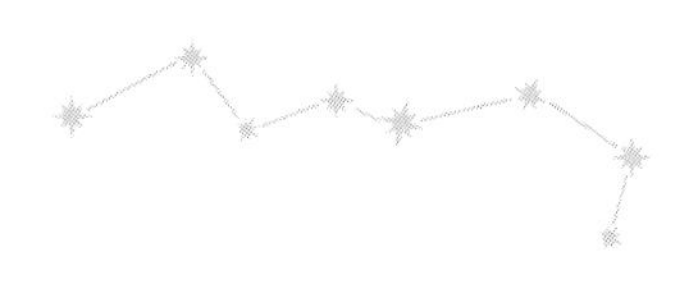

ご多用中誠に恐縮でございますが
ぜひご出席賜りますようお願い申し上げます
敬具

「全然ダメだ。一行目にいきなり『ま』と『す』が三回も出てくるじゃないか」

「そうだね。『と』も二回。次の行も……」

「だいたい『結婚することになりました』って……なんでそんな人任せな言い方なんだよ？　『結婚します』でいいじゃないか」

「日本語でそう書くと、不躾に見えるんだよ」

試しに「私たち　結婚します」と紙に書いてみる。

「ほら。すっきりしてるけど、なんかコマーシャルみたいじゃない？」

「たしかに……」

友明が、うーん、とうなった。

「じゃあ、日付を入れたらどうだろう？　日付は漢字だし……」

三月二十五日　私たちは結婚します

「うん、まあ、これならそんなに変じゃないような……」

「じゃあ、次。『つきましては』はやめよう。『ま』と『し』と『は』は、もう使っちゃってるし」

「『日頃お世話になっております皆様に』……って、ここまでで『お』を二回使ってるよ」

「それにもう『ます』は使えないよ。『日頃お世話になっている皆様に』かな？」

「『感謝の気持ちを込めて』は、『ち』も『て』ももう使っちゃってる。『存じます』はまた『ます』が出てくるし……」

「じゃあ、『日頃お世話になっている皆様とささやかな宴を開きたく』……」

「『た』はもう使ってるよ。『ささやか』は『さ』がだぶってるし」

「ほんとだ。じゃあ、一行目を『私達』って漢字にして……『ささやか』も漢字にしよう」

「でも、最後の『存じます』はどうする？　『ます』を使わない書き方って……」

「そうだなあ。『ます』や『です』は一度しか使えないわけだから……もういっそ、最初の『結婚します』をやめるか。ああ、ややこしい」

友明がペンを置く。

「そう考えると、『いろは歌』ってすごいな。古語だからできるのかな」

三日月堂で刷った「いろは歌」のカードを見て言った。

「そういえば『いろは歌』みたいなの、もうひとつあったはずだよ。明治時代に作ったやつ。『とりなくこゑす　ゆめさませ』だったかな……」

「『とりなくこゑす　ゆめさませ』？」

友明がスマホで検索している。

「ああ、あった、これね……」

とりなくこゑす　ゆめさませ
みよあけわたる　ひんかしを
そらいろはえて　おきつへに
ほふねむれゐぬ　もやのうち

鳥啼く声す　夢覚ませ
見よ明け渡る　東を

空色映えて　沖つ辺に
帆船群れゐぬ　靄の中

『いろは歌』とは雰囲気ちがうよね。勇ましいっていうか……わたしは『いろは歌』の方が好きだなあ。無常感があって」

「雪乃、むかしからこういうの好きだよね。和歌とかさ。さすが司書さん」

その司書も、結婚して友明の赴任先についていったらやめなければならない。胸がちくっとした。友明が机の上の活字をつまみあげる。

「それにしてもなあ。むかしはこれで本を作ってたのか。こんなの並べて一ページずつ組んで刷ってた。なんだか、信じられないなあ」

「そうだね」

わたしもペンを置いた。

「この前、弓子さんといっしょに銀座の活字店に行ったの。店の奥を見せてもらった。活字の棚とか、活字を鋳造する機械とか、母型とか……」

「母型？」

わたしはこの前大城活字店の店主さんから聞いたことを話した。

「そうか、この字の形も、もともとはだれかが作ったものなんだなあ」

友明がしみじみと言い、活字を見る。字を一本ずつ確かめ、拾いあげた。

「この字、覚えてるよ」

ぼそっとつぶやき、並べた活字をわたしの目の前にかざす。

――ゆきの
その三文字が並んでいた。

「むかし、この字が押されたお年玉袋、持ってただろ？」

友明の言葉にはっと身体が固まった。

「覚えてたの？」

「覚えてるよ、もちろん」

友明はそう言って、ふうと息をした。

「あのときは、悪かったなあ、って」

小さな声で言う。

「ずっと思ってたんだ。あのときは悪かった、って。謝りたかったけど、あのあと雪乃、全然口をきいてくれなくなっちゃったからさ」

「だって……」

わたしにとっては大事なものをからかわれた。そう言いたかったけれど、言葉にならない。

「雪乃にとって大事なものだってことは、ほんとはわかってたんだけどな」

友明が天井を見上げる。

「その前の年、うちのおばあちゃんが亡くなったんだ」

友明がぼそっと言った。亡くなった……？　そういえば、たしか友明が何日か学校を休んで……先生が友明は忌引きで田舎に帰っているから、って言ってた。家に帰って、忌引きってなに、ってお母さんに訊いた覚えがあった。

「俺、おばあちゃんが好きだったんだ。田舎に住んでたから、夏休みとお正月くらいしか会えなかったけど。やさしくて、いつもにこにこしてて。田舎の家も好きだったんだ。だけど、おじいちゃんはもうずっと前に死んじゃってたから、その家ももう取り壊すって……」

ふうっと息をつく。

「だからさ。雪乃がおばあちゃんからのお年玉袋を大事そうに持ってるのを見て、なんだかむしゃくしゃしちゃったんだよ。先生はわかってくれた。だから、あとで呼び出されたけど、あんまり怒られなかった。あんときは俺、泣いたんだ。なんか、うわーっとなって」

「ごめん。わかって……なかった」

思わず謝った。気がつかなかった。

「忌引きの意味をお母さんに訊いたのに、すっかり忘れてしまってた」

「いいよ。子どもだったんだよ。俺だって、ほかの子のおじいちゃんやおばあちゃんが亡くなったとき、よくわかってなかったもん」

友明は笑った。もう大人なんだな。急にそう思った。子どものころのままだ、と感じるときが多いのに。そのときの友明の笑顔は、少しさびしさを含んでいた。

「だから、雪乃のお祖母さんの病状が悪くなったとき、結婚を延期してほしい、って言われるんじゃないか、って思った。一時は俺の方からそう言おうかとも思ったんだ」

驚いた。そんなこと考えてたんだ。

「けどやめた」

はははっと笑う。

「どうして?」

「見舞いに行ったとき、雪乃のおばあちゃんに言われたんだよ。いっしょに行きなさい、って」

はっと息を呑む。

「おばあちゃんらしいよな。雪乃はごちゃごちゃ言うだろうけど、あの子は思い切りの足りない子だからって」

友明が笑った。

「おばあちゃんが亡くなったときも思った。少し待った方がいいかな、って。結婚式はなしにして、赴任先には俺だけ先に行ったっていい、って。でも、やめた」

友明は大きく息をついた。

「やっぱり、ちゃんとみんなに挨拶したいと思ったんだ。この町で。それに、いっしょに行きたいと思った。いま、いっしょに行きたいって」

「いま……?」

「こんなこと言うのはわがままかもしれない。おばあちゃんが亡くなったばかりで気持ちが落ち着かないのも、海外暮らしが不安なのもわかる。司書の仕事が好きなのもわかってる。だけど……」

じっと目を閉じる。

「はじめての海外赴任で俺自身も不安なんだ。雪乃といっしょに行きたいんだ」

わたしと行きたい？　友明がわたしを頼っている？

そんなこと、ちっとも思わなかった。

これまでずっと、友明は強いと思っていた。なんでもひとりでできると。いや、ほんとはできないかもしれないけど、なんでもひとりでできると思ってるように見えてた。でも……。

胸がいっぱいになった。友明にもこんなところがあったんだ。弱さを見せてくれたことがうれしかった。

「そうだね」

わたしは友明の方を見ないでつぶやいた。

「今回、この招待状のことがあったから、活字のことを調べた。曽祖父の店のこととか、自分の家のことなのに、これまで全然知らなかったんだなあ、って。友明のことも、友明の家のことも、まだ全然知らない。ふたりとも、知らないものをいっぱい背負ってる」

「結婚って、船出みたいなものだよな」

「船出？」

「別々の家で育ったふたりがそれぞれの家を出て、新しい船で海に乗り出す」

友明が言う。船出。胸のなかに明るい海が広がる。

「司書の仕事も好きだよ。だけど、ほんとは、この町を離れるのが怖かったのかもしれない。それに、この町のことしか知らない人生でいいのかな、とも思うの。向こうに行けば、新しいことが見つかるかもしれない。だから」

息をつく。

「いっしょにスタートしよう」

そう言って、友明を見た。少し驚いたような顔をしている。

「そうだな」

友明が大きく息を吸った。

「いっしょに行こう」

友明の言葉に、うん、とうなずいた。

「でもまずは……」

友明がもう一度ペンを取った。

「文面、考えなくちゃな」

その困り果てたような顔がおかしくて、くすっと笑った。

「むずかしいなあ。でもさ、文例に書いてあるのって、要は『私たちの結婚式に来てください』ってことだけだよね？　なんでこんなもってまわった言い方になるんだ？　もう、とにかく徹底的に短くしようよ。『三月二十五日　結婚します　宴をするので来てください』でいいじゃん」

「招待状なんだよ。さすがにくだけすぎでしょ？」

「冗談だよ。俺だって会社の上司もいるんだから。でも、とにかく『です』や『ます』がまずい。一回しか使えないんだよ。『です』も『ます』も使わずにどうやって文を終わらせるんだよ。文の数を減らすしかないじゃん」

ほんとうにできるんだろうか。ひらがな一回ずつで、相手に失礼にならない文章が。だんだん自信がなくなってきた。でも、ひとつのものをいっしょに作るのは、なんだか楽しい。友明の真剣な顔を見て思った。

9

翌日、仕事の帰り、できあがった文面を持って、三日月堂に行った。メールでもいいと言われていたが、弓子さんに直接会って、話したかった。

「ほんと、ひらがな、まったくだぶってない。大変だったでしょう？」

文が出来上がったときには、もう十一時を過ぎていた。友明は、母に謝りながら帰っていった。玄関先で、もうへとへとだよ、とぼやいていたが、とにかく完成したのだ。うれしかった。

三月二十五日
私達は結婚します
船出の時を皆様と共に迎えたく
細やかな宴へ　ぜひ御来臨下さい

宮田友明　佐伯雪乃

「結局三時間くらいかかりました。でも、短くないでしょうか?」

「ふつうに文字だけ印刷するんじゃなくて、金子さんのデザインもはいりますし、大丈夫じゃないでしょうか。それに、いい文面ですよ。短いけど、気持ちは伝わると思います」

弓子さんに言われて、ちょっとほっとした。

「あと、式の日時や場所を記した式次第ですが……極力ひらがなを入れないようにしたんですが、『＊月＊日迄に返信をお願いします』っていう一文は入れないといけないですよね。挨拶文で使ったひらがなを使わないといけないんですが……」

「挨拶と式次第は別のページに刷りますからね。二回に分けて、組み直して刷りますよ。これで大丈夫だと思います」

弓子さんは紙に書いて確かめながら言った。

「そういえば、『常盤活字店』から送ってもらった活字、今日届きましたよ」

弓子さんが机の下にあった段ボール箱を出してきた。

「早かったですね」

「わたしが帰ったあと、すぐに発送してくれたみたいです。活版関係の若い人がたくさん来てて、発送もボランティアで取り仕切ってくれてて……。それで……なかにこれがはいってたんです」

弓子さんが茶封筒を差し出す。なかになにかはいっている。紙の束だ。なんだろうと思いながら引き出した。

「これは……」

どれも古い印刷物だった。

「常盤活字店で保管されてたものだそうです。全部平田活字店の活字で刷ったもので……。この前うかがったときに雪乃さんのお話をしたら、店主さんがどっかにあるから、探していっしょに送るって言ってくださって」

「そうだったんですか。ありがとうございます」

「常盤活字店の先代が自分の店を作るとき、平田活字店の文字を参考にしたという話はしましたよね。先代はそのために平田活字店の活字で刷られたものをあちこちから集められたんだそうです。すごく大事にしていたそうで、そのままずっと保管してあったとか。端正で実直で、平田さんの人柄が出た文字だった、っておっしゃってた、って」

これが、曽祖父の活字で刷られたもの。黄ばんだ紙を次々にめくる。文語で旧仮名、古めかしい文面。結婚式の招待状もあった。

「どうぞ。差し上げます」

弓子さんがにこっと笑った。

「いいんですか？」

「もちろん。常盤活字店の方もそうしてほしい、っておっしゃってましたから」

「ありがとうございます」

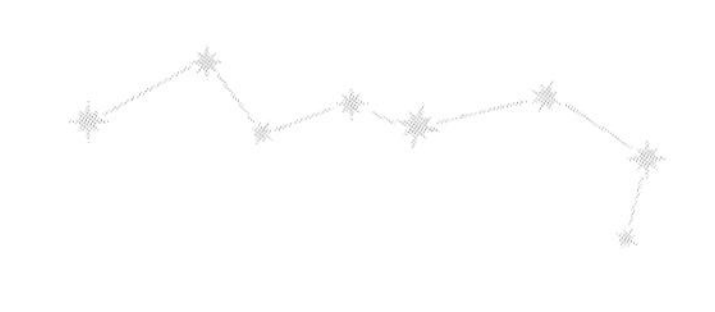

書類をそっと胸に抱えた。

「活字のことをいろいろ教えてくださったり、活字店に連れて行ってくださったり……すごく感謝してます。自分の家のこと、はじめてわかった気がして……。それに、昨日、文面を考えているときにいろいろ話して、友明のことも前よりわかった気がします。海外に行くのも……少し楽しみになってきました」

「よかったです。ほんとに」

「弓子さんのおかげです。弓子さんと話したから……」

そこまで言って、言葉に詰まった。弓子さんのお父さんのことが頭をよぎった。

「いえ、わたしも……雪乃さんと話せてよかったです。父のこと、あんなに喋ったのははじめてでした」

弓子さんがすうっと息をつく。

「父も……一度だけ『いっしょに行かなくてよかったのか。行ってもいいんだよ』と言ったことがありました。『いい』と答えたら、ちょっとほっとしたような顔をして、その後はなにも聞きませんでした。だけど、最後に『すまなかった』って……。そばにいてなにかできるわけでもなかったけれど、わたしがいることで父が安心していたのは伝わってきた。だから、それでいい、と思うんです」

弓子さんが顔をあげた。

「父と過ごした日は、わたしにとって、かけがえのないものでした。それまで知らなかったことをたくさん知ることができた。ある日、星を見ていて、父が言ったんです。『一生に一度でいいから、新しい星を発見してみたかったなあ』って。それが夢だったって。父らしいなあ、って思っていたら、『新星を見つけたら、名前をつけられる。そしたら、母さんの名前をつけたかったんだ。カナコって』って。わたしの母の名前です」

弓子さんが小さいころ亡くなった……。きっと弓子さんのお父さんは、お母さんのことをとても愛していたんだろう。

「『そしたらそれはカナコの星だろう？　母さんの星だ。空を見れば、いつもそこに母さんの星がある』。父はそう言って、空を見ていました」

弓子さんが遠くを見た。目尻に涙が浮かんでいた。弓子さんの視線の先でなにかが光った。キーホルダーだ。星のついたキーホルダーが壁に飾られている。

「父の最期を看取ることもできたし、選択に悔いはありません。彼とのことは……結局それで切れてしまったんだから、縁がなかったということだと思います。だけど、父が死んでひとりになったとき、自分はひとりぼっちになってしまった、と怖

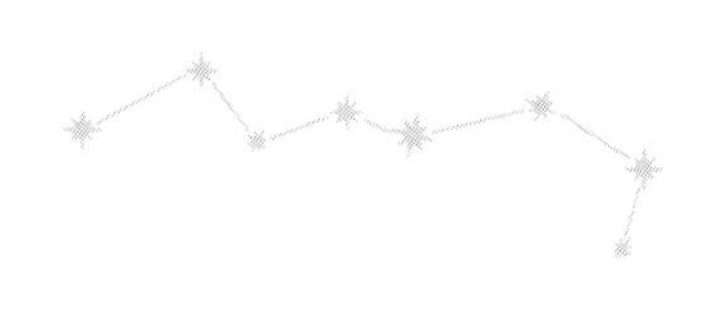

くなった。そんなとき、税理士からこの家の話が出ました」

「この家……？」

部屋の中を見回す。

「ここは、五年ほど前、祖父母が相次いで亡くなったあと、父が相続したものでした。空き家にしておくのはよくないから、売ろうという話もあったのですが、決心がつかないうちに病気になって……。この家を見に来たのは、父が死んで、わたしがここを相続することになったからです。でも来てみたら……ほっとした。祖父母に包まれているようで……それで、しばらく住んでみようと決めました」

「そうだったんですね。それで、印刷屋を？」

「最初はハルさんのところでパートをしてたんです。もう一度印刷機を動かすなんて思ってもみなかった。ハルさんに頼まれてレターセットを作ったのがはじまりでした。そのあとハルさんがいろいろなところに宣伝してくれたみたいで、少しずつお客さまがいらっしゃるようになって……。ほんとは、まだまだ不勉強でわからないこともたくさんあって、でも、いっしょに考えているうちに少しずつできることも広がってきて……」

弓子さんがふふっと笑った。

「お客さまから教えてもらったこともたくさんあります。最初は入り口のガラスのうしろにカーテンがあったんです。それをはずして、中を見えるようにしたら、って言われましたし、すずかけ祭のときはワークショップの提案をいただいて。実際に活字に触れることで、皆さんが活版印刷の魅力に気づいてくれて……。ああ、こうやって、お客さまといっしょに考えて、乗り越えていけばいいんだな、って」

「そうですね」

昨日の友明との会話を思い出す。

「祖父が、この店が、もう一度外への扉を開いてくれた」

弓子さんが言った。

「わかります。そうですよね。過去がわたしたちを守ってくれる。そうして、新しい場所に押し出してくれる」

わたしが言うと、弓子さんはうなずいた。

「よかったです、ほんとに。ご結婚、おめでとうございます。『船出の時』っていい言葉だと思います。わたしも勇気づけられた気がしました。いい式になるといいですね。わたしも印刷、がんばりますね」

「よろしくお願いします。ああ、それと……今回のことで思いました。たまには、弱音を吐くことも必要だな、って」

「え？」

「弱さがあるからつながる、ってこともあるじゃないですか。わたし、弓子さんのお父さんの話、聞けてよかったと思ってます」

きっと……この人も頑固なんだ。わたしと同じ。

強いんじゃない。口にするのが怖いだけ。

だけど……人が嫌いなわけじゃない。ひとりでいたいわけでもない。

「そうですね。ありがとう」

弓子さんが微笑んだ。キーホルダーの星に日が当たり、きらきら光っていた。

10

二週間後、金子くんのデザイン案ができあがり、三日月堂で活字を組み、印刷することになった。金子くんも自分の手で活字を組んでみたいということで、わたしたちも立ち会うことにした。

招待状は横書きらしい。横長の形で上に開く。上半分にわたしたちの挨拶文があり、下半分に式次第が載るという形だ。金子くんは、はじめは飾り罫を使いたいと思っていたみたいだが、変に入れると野暮ったくなる、と思って、結局やめたらしい。かわりに、下に小さな船のシルエットと波を入れることにした。

版を組み、試し刷りをし、位置を変える。金子くんもはじめての経験だったから、配置は手探りだ。それに、活字の高さをそろえるための調整も必要だった。活字のお尻にテープを重ねて貼り、何度も試した。

そうこうしているうちに、友明もやってきた。大西くんと川越運送店のハルさんもやってきた。三日月堂のなかがにぎやかになる。調整を繰り返し、刷るときは一瞬しんとなる。

むかしの三日月堂はどんな感じだったんだろう？　店の前の看板の三日月堂の店のマークを思い出す。三日月の上のカラスのシルエット。

印刷された文字は、影みたいだ。本体がいなくなってもこの世に残り続ける影。きっと弓子さんは、その影に守られている。

「いいわねえ、これ。会場の『ヤマザクラ』の雰囲気にもぴったり。三日月堂の広報として、『ヤマザクラ』さんに営業してみようかな」

試し刷りを見たハルさんが言った。

「文章もよく作ったわよね。ひらがなを一度ずつしか使えない。その理由、説明するの？」

「そうですね。別紙に簡単に事情を書いて挟もうかとも思ってるんですけど」

わたしは言った。

「あえて書かなくてもいいかもよ。当日会場で説明したほうがドラマチックかも」

友明が言った。

「でも、結婚式の招待状で、こういうの、あんまりないでしょ？　なんだろう、って思われるかも……」

「そうかな？　謎めいてるのもおもしろいかもしれませんよ」

金子くんが言う。

「この船と波もかわいいし、ほかと違っててもいいと思うけど」

ハルさんがのんびりと言う。船と波は、金子くんが考えて入れたものだ。それがあるおかげで、招待状全体にのどかな空気が流れている。外に向かって旅立っていく感じ……。

——祖父が、この店が、もう一度外への扉を開いてくれた。

弓子さんはそう言っていた。わたしも行く。友明といっしょに、外の世界を見に。

招待状を見ながら、ふうっと息を吸った。お年玉袋に活字を押していた祖母の手を思い出す。大晦日から祖母の家に泊まりにいき、いっしょにこたつにはいって、祖母が名前を押すのを見ていたことがあった。孫の名前を順番に口ずさみ、活字を押す祖母の声が耳の奥によみがえる。

――行っておいで。

そう言われた気がして、活字をじっと見た。

いつだって大事なものはわたしのなかにある。だから、大丈夫。どこに行ったって、わたしはわたしだ。だから、大丈夫。

――行ってきます。

心のなかでそうつぶやいた。

活版印刷について

ほしおさなえ

活版印刷ってなんだろう？

この本の題を見て、そう感じた人もいるかもしれません。活版印刷とは、金属でできた活字をならべ、そこにインキをのせ、ハンコのように紙につける印刷方法です。

この本の二章の扉（はじめのページ）、ここに写っている細長く四角い金属が活字です。ひとつの活字に一文字が彫られています。一章の扉のような活字棚におさめられていて、職人が原稿を見ながら、棚からひとつずつ手で拾っていきます。それを三章の扉写真のようにならべて印刷するのです。四章の扉に写っているのは手動式の活版印刷機で、この本で「手キン」と呼ばれているものです。

活版印刷は、十五世紀半ばにドイツのヨハネス・グーテンベルクという人が発明しました。世界三大発明のひとつと言われるほど重要な発明で、歴史の教科書にも出てきます。活字と印刷機を使った最初の聖書が印刷されたのは一四五五年のこと。数はおよそ一八〇冊だったそうです。

活版印刷が発明される前は、写本（人の手で書き写す）か木版の印刷しかありませんでした。木版は一枚ずつすべての字を彫らなければなりませんが、活字は溶かした金属を型に流しこむことで同じものをいくつも作ることができます。あとはそれをならべるだけ。活版印刷の発明で、多くの人に知識を広められるようになりました。

　アジアにも優れた印刷技術の歴史があるのですが、漢字を使う文化なので文字の種類が多く、大きな板にまとめて文字を彫る木版を使うことの方が多かったようです。それも近代になって活版印刷に切り替わっていきました。

　はじまりは五百年以上前ですが、活版印刷は決して大むかしの技術というわけではありません。一九八〇年代ごろまで、本は活版印刷で作られていました。二〇〇〇年代までは印刷工場に活版印刷の設備が残っていて、活字で印刷された本や雑誌もあったのです。

　いまはＤＴＰ（デスクトップパブリッシング）という技術が発達し、作業はすべてコンピューターのなかでおこなわれるようになりました。金属でできた活字は使われなくなり、だんだん姿を消していっています。

　わたしは活版印刷の本を読んで育ちました。職人さんたちが活字棚から活字を一本ずつ拾い、ならべ、インキをつけて刷っていたものです。だからなのでしょう、いまの本の文字とはどこかちがいます。きれいにムラなく刷るのが良いとされていましたが、ひとつずつ活字をならべて刷るものですから、完全に均一にはなりません。

　最近、そうした活版印刷の文字にふたたび人気が集まり、この本に登場する三日月堂のように、活字や古い機械を活用してあたらしい作品を生み出す人が増えてきているようです。

技術が進歩し、活版印刷どころか紙の本さえもいつかなくなってしまうのかも、と思うことがあります。それでも「かつては活字という物体があり、本を作るときには一冊分の活字をだれかが拾い、ならべていた」ということを伝えたくて、この本を書きました。

いまあたらしく活版印刷で本が作られることはほとんどありません。でも図書館には古い本がたくさん残っていると思います。本のいちばんうしろに奥付というページがあり、本の発行年月日が記されています。一九七〇年代までの本なら、まず活版印刷です。八〇年代も途中までは活版の本が多かったと思います。

活版印刷の文字は凹むと思っている人が多いのですが、本では凹むことはあまりありません。でもよく見ると、かすかに太くなっている部分があったりします。ちょっと見ただけではわからないほどのことですが、あたらしい本とならべると、なんとなくちがう、と感じるでしょう。

そんな本を見かけたら、人の手で活字をひとつひとつ拾い、ならべていた風景を想像してみてください。多くの人になにかを伝えるためにたくさんの人の手で作ったもの。本という形にその記憶が宿っていることが感じ取れるのではないかと思います。

執筆にあたり、活版印刷の取材に関しては、九ポ堂の酒井草平さん、葵さんに多大なご協力をいただきました。

中村活字の中村明久さんには活字店を、つるぎ堂の多田陽平さんには印刷所を見学させていただき、貴重なお話をうかがいました。

knotenの岡城直子さんにも印刷に関するお話をお聞かせいただきました。また、俳句・句会に関しては、俳人の千倉由穂さんからたくさんのことを教えていただきました。

皆様に心からお礼申し上げます。

特装版
活版印刷三日月堂
星たちの栞

2020年4月　第1刷発行

著　者　ほしおさなえ
発行者　千葉均
編　集　森潤也
発行所　株式会社ポプラ社
〒102-8519
東京都千代田区麹町4-2-6
電話　03-5877-8109（営業）
　　　03-5877-8108（編集）
ホームページ　www.poplar.co.jp
印刷・製本　中央精版印刷株式会社
装　画　中村至宏
ブックデザイン　斎藤伸二（ポプラ社デザイン室）

N.D.C.913/315p/20cm
ISBN 978-4-591-16565-2

P4157001

本書は2016年6月にポプラ社より刊行されたポプラ文庫『活版印刷三日月堂　星たちの栞』を特装版にしたものです。

特装版

活版印刷三日月堂

ほしおさなえ

庭のアルバム

川越の街にも馴染み、少しずつ広がりを見せる三日月堂。活版印刷の仕事を続けていく中で、弓子自身も考えるところがあり……。転機を迎えるシリーズ第三弾。

特装版

活版印刷三日月堂

ほしおさなえ

雲の日記帳

様々な人の言葉を拾い、刷り上げる。日々の仕事の中で、弓子が見つけた「自分の想い」と、「三日月堂の夢」とは――。感動の涙が止まらないシリーズ第四弾。

装画：中村至宏

特装版
活版印刷三日月堂

ほしおさなえ

空色の冊子

弓子が幼いころ、初めて活版印刷に触れた思い出。祖父が三日月堂を閉めるときの話……。本編では描かれなかった、三日月堂の知られざる「過去」が詰まった番外編。

特装版
活版印刷三日月堂

ほしおさなえ

小さな折り紙

三日月堂が軌道に乗り始めた一方で、金子は愛を育み、柚原は人生に悩み……。そして弓子達のその後とは？　三日月堂の新たなる「未来」が描かれる番外編。

装画：中村至宏

特装版

地底アパート シリーズ

蒼月海里

イラスト：serori

どんどん深くなる地底アパートへようこそ！
ゲーム大好き大学生一葉と、変わった住人たちがくりひろげる、
「不思議」と「友情」と「感動」がつまった楽しい物語！

1『地底アパート入居者募集中！』

ネットゲーム大好きな大学生・一葉が住むことになった家は、入居者の業によって地下にどんどん深くなる異次元アパートだった！

2『地底アパートの迷惑な来客』

住む人の業によって深くなる異次元アパートに住み始めた大学生、葛城一葉。地下に現れる恐竜目当てに、超危険人物がやってきた！

3『地底アパートのアンドロイドは巨大ロボットの夢を見るか』

一葉の大学の留学生・笑顔きらめく超好青年エクサ。馬鐘荘にやってきた彼は、マキシと同じく、未来から来たアンドロイドだった！

4『地底アパートの咲かない桜と見えない住人』

春が訪れたはずなのに、一葉たちの住む馬鐘荘の周囲だけなぜかいつまでも寒いまま。その原因は、地下に現れたあるもののせい!?

5『地底アパートと幻の地底王国』

地底アパートの最下層が横穴に突き当たった。そこで一葉たちが出会ったのは、なんと地底都市に棲息している地底人の少女だった！